KKベストセラーズ

賢者は
幸福ではなく
信頼を選ぶ。

村上 龍

賢者は幸福ではなく信頼を選ぶ。目次

01

012 寂しい人ほど笑いたがる

Sent: Thursday, May 10, 2012 12:51 AM

02

022 フィデル・カストロと会ったころのこと

Sent: Monday, June 11, 2012 4:54 PM

03

032 幸福かどうかなど、どうでもいい

Sent: Wednesday, July 11, 2012 5:24 PM

04

044 「何でも
見てやろう」と
「別に、
見たいものはない」

Sent:
Friday,
August 10,
2012
3:48 PM

05

054 反体制派なのに
エリート、
かつお金持ち

Sent:
Sunday,
September 09,
2012
3:55 PM

06

064 一生これで
ＯＫという
プライドと充実

Sent:
Thursday,
October 11,
2012
12:03 AM

07

076 情熱は
なかったし、
今もない

Sent:
Sunday,
November 11,
2012
6:29 PM

08

086 いくつになっても
元気です、
という嘘

Sent:
Sunday,
December 09,
2012
7:24 PM

09

096 いまだに続く
心の中の戦後

Sent:
Wednesday,
January 09,
2013
11:41 PM

10

108 フェラーリに
火をつけろ

Sent:
Friday,
February 08,
2013
11:24 PM

11

118 「アベノミクス」
という
甘いお菓子

Sent:
Friday,
March 08,
2013
6:14 PM

12

128 対立に
慣れていないと
ケンカに負ける

Sent:
Monday,
April 08,
2013
4:08 PM

13

140 ブラック企業 vs 「金の卵」

Sent: Thursday, May 02, 2013 6:03 PM

14

150 父の葬儀の夜に

Sent: Wednesday, June 12, 2013 1:19 AM

15

160 4周遅れで置き去りに

Sent: Tuesday, July 09, 2013 5:40 PM

16

172 わたしも
ワーカホリック
だった

Sent:
Tuesday,
August 13,
2013
4:45 PM

17

182 世の中は
敗者で
あふれかえる

Sent:
Monday,
September 09,
2013
9:13 PM

特別
エッセイ

192 賢者は
幸福ではなく
信頼を選ぶ。

Sent:
Wednesday,
September 11,
2013
3:35 PM

カバー・本文写真　古賀勇人
帯・別丁扉写真　近藤 篤
撮影 Sunday, September 15, 2013（Tokyo）
ブックデザイン　鈴木成一デザイン室

賢者は幸福ではなく信頼を選ぶ。

Sent: Thursday, May 10, 2012 12:51 AM

寂しい人ほど笑いたがる

01

Sent:
Thursday,
May 10,
2012
12:51 AM

013

01

昔、といっても、どのくらい前かは忘れたが、このエッセイの一編に、「今、元気なのはバカだけだ」というタイトルを付けた。そもそも元気という言葉は、少なくとも高度成長のころは、今のように目立つことはなかった。もちろん、「元気にしてる?」みたいな挨拶は日常的にあったが、「日本を元気にする」というような表現はなかった。その代わり、「元気だけが取り柄」みたいな言い方が多かった。元気だけが取り柄、という表現は、今でも流通しているのだろうか。

頭も大してよくないし、顔も普通だし、家柄もあまりよくないし、金もなく、特別な才能もスキルも知識も技術も持っていないが、とにかく長所は「元気があること」、というようなニュアンスの、謙遜の意味を含んだ常套句だった。今、たとえば就職の面接でそんなことを言ったら、どういう印象を持たれるだろうか。要するに、今は、頭も顔も家柄も才能もスキルも知識も技術も大したことない人間はきっと元気ではいられないだろうという常識があるのではないだろうか。

アランというフランスの哲学者の『幸福論』もひそかに読まれているようだ。その中の有名な一節に、「幸福だから笑うのではない。笑うから幸福になるのだ」というのがある。日本にも「笑う門《かど》には福来たる」という格言のようなものがあるが、似ている。笑うと幸福になる、笑いは大切だ、というような話題で、わたしが思い出すのは、「がんばれ!! タブチくん!!」で有名な、いしいひさいちの、野球がモチーフの4コマ漫画だ。1コマ目で、外野手がフライを追ってフェンスに衝突して倒れ、なかなか起き上がれない。2コマ目で起き上がり、笑顔で観客に手を振り、解説者も「よかったですね」と言う。3コマ目でもその外野手はずっと笑って手を振り続け、スタジアムが異様な雰囲気になる。4コマ目では、誰もが異常に気づくが、その外野手は手を振り、踊るようにはしゃぎながら笑い続ける。

みな最初は、回復して元気になったと思ったのだが、そうではなくてその外野手は頭を強く打って、精神的に異常な状態になり、笑い続けているというブラックユーモアで、わたしはその漫画が大好きだった。昨今の、元気&笑顔のブームはその4コマ漫画で描かれた状況に似ている気がする。確かに、不機嫌な顔をしているより、笑っているほうが、ものごとをポジティブに考えるきっかけになり、心身の健康にもいいのだろう。

わたしは居酒屋にはまったく行かないが、なじみのホルモン・焼き肉屋に行くと、ひっきりなしに大声で話し笑い合っている若者の集団といっしょになることがある。その店は肉もおいしいし、雰囲気も悪くないのだが、一人2980円で飲み放題というコースがあるので、若者もよく利用するのだ。専門学校生の飲み会みたいな雰囲気で、うるさくてしょうがない。楽しく飲んでいるのだから大目に見ようと思うのだが、わたしが還暦を過ぎて不寛容になっているせいなのか、眺めていて、どうも楽しそうには見えない。そんなに大声で笑わないといけないのだろうかと思ってしまう。誰かが何か言うと全員が、思いっきり大声を上げて笑う。飲み放題のコースは時間制限があるので、彼らはたいてい早めに解散するのだが、帰り際には、哀れで見ていられないほど寂しそうな表情になる。一人になるのがいやなのだろうと思う。

*

　不自然な大声で笑うのは若者たちだけではない。定宿《じょうやど》のホテルのバーには、たまにおじさんたちの集団がいて、彼らも不自然なバカ笑いを繰り返す。わたしはたいてい執筆が終わったあとで、少数の友人と飲むのだが、疲れていてほとんど喋れない。黙って飲むのも陰気くさいので、仕事の話などをぽつりぽつりと語り合うのだが、おじさんたちの集団は、若者たちと同じように爆発的な笑い声を響かせる。だいたい昼間ハードに働いた人は夜になると疲れ果てて、爆発的に喋り笑い合うことなどできないし、興味もない。楽しくも何ともない。

　バカみたいに大声で話し、笑い合う人々を見るたびに、きっと辛い人生を送っているんだろうなと思う。一人で暮らしていてほとんど他人と話すことがない人が、たまに誰かと会うと爆発的に喋るのと同じだ。誰かと笑い合うという雰囲気に飢えていて、たまに実現すると、大量の電気信号が脳を流れ、興奮物質が異常に分泌されるのだろう。

　昔、アジア系ロシア人のユーリ・アルバチャコフというボクシングの世界チャンピオンがいた。WBCのフライ級チャンピオンで、9度の防衛に成功した。24戦23勝（16KO）1敗という戦績を残していて、びびってしまって対戦相手が現われないくらい強かった。右クロスカウンターが強烈だったが、あまりにパンチが強いために拳を痛めることが多かった。奥さんは日本人で、ものすごい美人だった。わたしは、週刊誌の対談で知り合ったのだが、ユーリは、寡黙で、目を合わせても、ニコリともしなかった。もちろん愛想笑いなど皆無だった。そのことを言うと、「笑う理由がない」と答えた。本当にかっこよかった。ユーリは、理由もないのに笑う必要がなかったのだ。

*

テレビのCFでは、誰もがよく笑っている。もっとも笑顔が多用されるのは住宅のCFかも知れない。三世代住宅のCFでは、祖父母から孫までが、何が可笑しいのかわからないままニコニコしている。いつも何かに似ていると思って見るのだが、新興宗教のパンフレットだった。新興宗教のパンフレットでは、集まった人々が老若男女、必ず笑い合っている。わたしたちの宗教に入信するとこんなに楽しいことが待っているんですよ、ということだろう。

わたしたちは、誰もが笑い合わなければいけないという無言の強制が働いている時代と社会に生きている。可笑しいことがなくても、あるいは別に笑いたくなるような雰囲気ではなくても、楽しそうに笑い、微笑みかけなければ何かしら不利益があるような社会だ。あいつは暗いと言われたり、無愛想だと批判されたり、ひどいときには、無言であまり笑わないでいる

Sent:

Thursday,

May 10,

2012

12:51 AM

01

と、「何かあったのか、怒ってるのか」と言われたりする。

笑顔や微笑みが素敵な人は、本当に笑いたいときにしか笑わないから素敵なのだ。昔、風俗嬢を取材したとき、まだ20代前半で、まったく笑わない女がいた。物心がついてから一度も声を上げて笑ったことがなく、どうやって笑えばいいのかわからないと言っていた。ひどいトラウマがある子だった。いつか笑うことができるようになる日が来ると思うかと聞くと、わからないと答えた。若者やおじさんたちのバカ笑いを聞くと、必ずその子のことを思い出す。

Sent:

Thursday,

May 10,

2012

12:51 AM

021

01

Sent: Monday, June 11, 2012 4:54 PM

フィデル・カストロと会ったころのこと

02

最近、昔話をすることが多くなった。電子書籍の会社を作って、週に一度か二度、必ずミーティングを兼ねて食事をするが、スタッフは当然わたしよりもはるかに若い。製作中の電子書籍以外にもいろいろな話題が出るが、たとえば海とかダイビングとか釣りとかの話になると、そう言えば、昔ブラジルとパラグアイとアルゼンチンの国境付近でドラドという魚を釣ったなとか、つい思い出す。そして、話しだすのだが、面白いらしくて、みんな興味深そうに聞く。もともとわたしはサービス精神だけで生きているような人間なので、これではまるで昔を懐かしがって思い出話をするじいさんみたいだなと自分のことを思いながらも、とりあえず話す。

別に話し上手だとは思わないが、ときどき笑いをとりながら、しだいにわたしの独演会のようになっていくのだが、軽い自己嫌悪のようなものも感じる。まる

Sent:
Monday,
June 11,
2012
4:54 PM

02

で若者たちにかつての体験について語る長老みたいだと思ってしまうのだが、たいていかなり酔っ払っているので、まあいいかといつも最後まで話す。そして、ホテルの自分の部屋に戻ってきて、疲労を感じ、調子に乗ってあんなこと話すんじゃなかったと、気分が沈む。

眠りについたあと、中途覚醒して、夢見が悪いときなど、あんな昔話をべらべらと喋って、まるで「おれの若いころは」と自慢話をしたがるじいさんと同じだと、落ち込む。若いスタッフたちよりもかなり長生きしているので、海外などでの体験も多く、みな喜んで聞いてくれるのだが、それにしても喋りすぎだと思って、自己嫌悪にとらわれるのだ。

誰でも、たとえ若い人でも昔話をするときがあるから、それほど気にすることでもないのかも知れないが、どうして必ず落ち込んでしまうのだろうか。昔話をするのがいやだというのもあるが、そもそも複数の聞き手に対して話をするのが基本的に好きではないようだ。わたしは、つまらないと自分で思うことは他人に話したりしないし、興味深い話と退屈な話の違いは、仕事柄だれよりも厳密に区別できるという自負はある。

Sent:
Monday,
June 11,
2012
4:54 PM

＊

たとえば、以下のような話をする。『KYOKO』という映画を準備しているとき、女優にダンスのトレーニングを受けてもらうためにキューバに通っていたころ、一度だけ、フィデル・カストロに会ったことがある。名前は忘れたがグアテマラ人の有名な画家がいて、彼は左翼で、キューバとカストロの信奉者で、カストロに関する作文を全世界で募集して、その優秀作の表彰式がハバナのコンベンションセンターで行なわれたのだった。なぜか、わたしはその催しに出かけた。付き合いのあるキューバの音楽事務所が、ぜひムラカミも来てください、と言うので、あまり事情がわからないまま出かけたのだった。

会場で、用意されたビールを飲んでいると、場内放送で「セニョール・ムラカミ、壇上のほうに来てください」と英語でアナウンスがあった。行ってみると、壇上に、わたしの名前が記されたプレートが置いてあり、座ってくれと言う。なんでわたしが、とわけがわからないままに壇上の椅子に座ったのだが、わたしの右隣が、主催者であるグアテマラ人の画家で、左隣が当時のプエルトリコの大統領で、その隣がドミニカの大統領だった。みな老人で、わたしはそのころ40代前半だったが、大統領たちに比べると異様に若かった。

なぜ自分が大統領と並んで壇上に上げられたのかま

ったくわからずに、きょとんとしていると、やがてフィデル・カストロが姿を見せた。スタンディングオーベーションが起こり、中には泣いている女性たちもいた。独裁者や軍政によって国が疲弊し、極端な貧富の差や治安の悪化に喘ぐ中南米の国々の、左翼、もしくは一部のリベラル、あるいは一部のナショナリストにとって、実際に革命を成功させたキューバは、誇りであり憧れなのだが、この感覚は、実際に現地に行ってみないとわからないだろう。確かにキューバは貧しいが、子どもの物乞いもいないし、スラムもない。

カストロは、拍手と歓声に応えて手を振り、壇上に上がった。グアテマラの画家や大統領たちに挨拶し、同じく壇上に座っているわたしと目が合った。こいつはいったい誰なんだ、という表情でわたしを見た。わたしは、どうしていいかわからずに、目礼して、カストロも軽くうなずくような感じで応じてくれた。だが当たり前のことだが、わたしにはほとんど興味がなさそうだった。

そしていきなり、演説がはじまった。かつては革命記念日などで数時間ぶっ通しの演説をしていたカストロだが、文化的な集まりなので静かに語り出し、それでも約40分間、話し続けた。

「昨年、革命後はじめてヨーロッパを訪れた。ローマ法王にもお会いし、さまざまな文化遺跡を見た。ヨーロッパの彫刻や絵画はすばらしい。歴史的、文化的な建物も威厳があった。だが、彼《か》の地で、わたしは自分が革命家であることを、改めて自覚することになったのだ。わたしは革命のために戦い続け、今も戦っている。革命家の一生は、戦いの連続であり、それがどんな種類のものであれモニュメントは残さない。遺跡も作らないし、彫刻も残さない。革命家が世に残すものは、人である。革命によって、公正と自由を得て、幸福を手に入れた人々を残すために、わたしは今でも、これからも、戦い続ける」

　そういった内容の演説で、わたしはインカムから聞こえてくる英語で何とか半分くらい理解できたのだが途中、感動で何度も涙があふれそうになった。会場のほとんどの人が涙を流していた。演説を終えると、カストロはすぐに壇上を去って行って、わたしはボーッとしたまま、きっと忙しいんだろうなと、思った。

Sent: Monday, June 11, 2012 4:54 PM

＊

　スタッフと食事をしていると、ふっと昔のことを思い出して、その場の話題にマッチしたことがあると、あのね、と話しはじめる。F1やテニス、それにサッカーなどのスポーツネタや、ダイビング、映画制作、料理など、たいていみんな熱心に聞いてくれる。話しながら、歳を取ったんだなと思い、やがて前述したように、軽い自己嫌悪にとらわれる。最近は、すっかり旅がおっくうになった。昔、歳を取ってからのロングフライトは免疫に悪いと著名な免疫学者に聞いたこともあるし、世界遺産なんかまったく興味がないし、とにかく空港に行くだけでも面倒くさい。

ひょっとしたら旅は若いときにやっておくべきものなのかも知れない。若いときに旅をしていない老人は寂しいかも知れない。旅はおっくうだが、放浪はどうだろうと考えるときがある。近場を放浪し、短い文を書いたり、写真を撮るのは、案外還暦後の行動としては相応《ふさわ》しいかも知れない。

Sent:

Monday,

June 11,

2012

4:54 PM

031

02

Sent: Wednesday, July 11, 2012 5:24 PM

幸福かどうかなど、
どうでもいい

03

約半年間続いた新聞連載が終わった。地方紙だが、もちろん日刊なので、当然毎日が締め切り日だった。だいぶ前に読売新聞に長編を連載したことがあったが、今回は主人公もシチュエーションも違う5篇の中編小説だったので、思ったよりも大変だった。あと月刊誌である「文藝春秋」本誌にも連載があり、両方の締め切りが重なる時期があり、さらに「カンブリア宮殿」の取材や収録があるときは執筆できないので、相当きつかった。ある作品を書いて、すぐにまったく違うモチーフの作品を続けて書くのは、疲れる作業だった。

新聞連載が終わって1週間ほど経つが、まだ疲れが取れていない気がする。疲れがあるときは、当然元気がなく、元気がないと悲観的になり、ものごとをより悪くとらえる傾向がある。現状は、暗い。政治にしろ、経済にしろ、原発にしろ、よくなるという前兆が非常

Sent:
Wednesday,
July 11,
2012
5:24 PM

03

に少ないか、もしくはまったくない。野田政権は消費税率を上げようとしている。わたしは個人的に消費税増税は必要だという立場だが、問題はそのプロセスだ。民主党は先の総選挙で、向こう4年間は増税しない、歳出を徹底的に見直す、社会保障改革を行なう、増税の際は国民の信を問う、というようなマニフェストを掲げて与党となった。

野田政権が「政治生命をかけて」増税という政策を採るなら、自民党や公明党のわけのわからない「合意」を取りつけるのではなく、消費税率引き上げという新しいマニフェストを用意した上で、解散・総選挙をして、国民の信を問うべきだった。何を青臭いことを言うのだ、政治はもっと現実的でドロドロとした生きものなのだ、などと言う人も多い。似たような社説を書いた大新聞もある。

政治がドロドロしていようがさっぱりしていよう

が、そんなことは関係ない。約束事を守らないのはフェアではない。政治は約束を守らないものだというような事情通のような物言いは、日本が世界史に残るような経済成長を続けていた時代の名残りで、充分な税収があり財政も潤沢だった「古き良き時代の」レトリックだ。公約が簡単に反故《ほご》にされてもこれまで国民が許してきたのは、政治家がどんなにバカでも、とりあえず自分の給与も生活レベルも年々上がっていたからだ。

わたしは、別に怒っているわけではない。妙な薄気味の悪さを感じているだけだ。現在の政治状況にはまったく希望がない。それは増税が行なわれようとしているからではなく、また政権と与党が求心力を失い分裂しようとしているからでもない。明らかに異様なことが進行しているのに、ほとんどのマスメディアがそのことに無頓着で、大多数の国民もすでにあきらめて

Sent:
Wednesday,
July 11,
2012
5:24 PM

しまっているからだ。これまで経済だけが頼りだったが、家電業界はほぼ全滅の様相を示し、雇用状況は改善せず、給与がほとんど上がらず、消費も伸びないという悪循環が続いている。原発は、各地の原発の使用済み核燃料の処理と廃炉費用を考えるだけでも、ぞっとするような最悪の事態となっている。

＊

そういった状況で、「今の若者は幸福なのか」というような書物や記事が目につくようになった。それらのすべてに目を通したわけではないが、「若者たちは意外と満足して生きている」「若者たちが閉塞感に押しつぶされ絶望しているというのは大人の勝手な推論だ」「若者たちは自分たちが幸福だと感じている」というような論調が目立つような気もする。

わたしは、今の若者が幸福かどうかにはまったく興味がないし、どうでもいいことだと思う。幸福という概念はとても曖昧だ。辞書で調べると「満足していること」「不平や不満がなく楽しいこと」という風に記してある。人それぞれ欲望や欲求の質や量が違うから、自分はこれで満足だと思いさえすればそれで幸福だということになる。だから、新聞連載のために取材したホームレスでも、「おれは幸福だ」という人がかなりいた。だから若者たちに「あなたはいま幸福ですか」と聞いたらイエスという回答が意外に多かった、などというアンケート結果には、あまり意味がない。

だいぶ前だが、都内の有名私立大で講演したことがある。最後に学生たちとの応答があって、「収入はそれほど要らないから、趣味を楽しめて、家族を作り、ごく普通の幸福な暮らしができればいいです」と一人が言った。わたしはその学生に対し、「それでは、ご

Sent:
Wednesday,
July 11,
2012
5:24 PM

03

く普通の幸福な暮らしを実現するためには年収はどのくらいあればいいと思うか」と質問した。その学生は、答えることができなかった。幸福だと感じられる生活を維持するための年収は、人によって違うだろう。2億なければやっていけないという人もいるだろうし、150万でも何とかなるし満足だという人もいるはずだ。

だからアンケートでは「あなたはいま幸福ですか」ではなく、「あなたが幸福だと思える暮らしには年収がいくら必要ですか」という質問にすべきだと思う。年収150万だと、おそらく家庭を作るのは無理だし、子どもを産み育てることも非常にむずかしいし、病気になっても医者に診てもらえない。しかしそれでも、「わたしは充分に幸福です」という人もいる。幸福とはそういうものだ。

わたしはこのエッセイで繰り返し「若者、年下の世代には興味がない」と書いてきた。わざわざそんなことを書くのは、このエッセイが、若者向けの雑誌に掲載されているからで、たとえば高齢者向けの月刊「文藝春秋」用のエッセイだったら、そんなことは書かない。基本的に、わたしは若者を批判したり称賛したりしたくない。当たり前のことだが、今の日本で、「若者は」とひとくくりに主語にすることには無理がある。

ロンドン五輪がはじまるが、楽しみにしている若者もいれば、まったく関心がない若者もいるだろう。若者はロンドン五輪にどのくらい興味があるのかという問いには意味がないが、今の若者は幸福なのかという問いも、同様に無意味なのだ。

ただし、五輪に関して言うと、スポーツの世界では、今の現役選手のほうが、昔の選手たちよりはるかにレベルが高い。ビヨン・ボルグは、ロジャー・フェデラーと対戦したら1ゲームも取れないかも知れない。ペレも、プラティニやマラドーナも、現代サッカーではたぶんポジションがない。今のサッカー日本A代表は、間違いなくこれまでで最強のメンバーがそろっているし、テニスの錦織選手はこれまでで最高のプレイヤーだ。陸上や水泳の記録が確実に向上しているように、あらゆるスポーツは進化している。

ただし、しつこいが、それはスポーツ選手に限ったことで、若者全体に言えることではない。

Sent:

Wednesday,

July 11,

2012

5:24 PM

041

03

Sent: Friday, August 10, 2012 3:48 PM

「何でも見てやろう」と
「別に、見たいものはない」

04

ロンドン五輪が終わった。時間があるときにはテレビで観戦した。おもに水泳、卓球、陸上、女子のレスリングなどだ。水泳を観ているとき、どうしても自分の老いを感じる。水泳は選手生命が短い。だから20代前半までの、筋肉の躍動を見て美しいと思うが、「とてもじゃないけどもうこんな泳ぎは絶対にできないな」とごく当たり前のことを思ってしまう。ただ、水泳競技を見たあとにプールに行くと、いつもは楽な平泳ぎ中心なのだが、なぜかついクロールで泳ぐ。選手たちの躍動感あふれるフォームがイメージとして焼きついているからだが、もちろんすぐに息が切れて、また平泳ぎに戻す。

ロンドン五輪では、女子サッカーをはじめて最初から最後まで観た。決勝は録画したが、ベスト8とベスト4は実況で観た。奇妙な気分になった。男子サッカーしか知らないので、試合内容がぴんと来ないのだ。

Sent:
Friday,
August 10,
2012
3:48 PM

04

日本選手が必死のプレーをしているわけだからつまらないというわけではないが、ずっと違和感を覚えたままで、試合が終わると、変な疲れを感じた。うまく言えないのだが、音程がうまく合っていないオーケストラでシンフォニーの全曲を聴いたような感じだった。

これは追いつくなと思ったサイドへのボールに選手が追いつけないとか、センタリングでの体を張ったポジション取りや競り合いがほとんどないとか、ドリブルで突破しようとする敵を素通りさせるとか、常識的には考えられないシーンがときおり発生するので、その都度、違和感というか、居心地の悪さのようなものを覚える。わたしの周囲にいる根っからのサッカー好きは、女子の試合を観ない。理由ははっきりしていてつまらないからということらしい。

ただ、わたしは女子サッカーが今後も続いていけば、試合内容はしだいに変化してくると思う。たとえば歴史が長い女子のバレーボールには男子にはない魅力がある。女子はどうしても男子にパワーで劣るので、その分、技術や連携に磨きをかけることになり、「女子ならではの魅力」が確立している。

*

　そういった意味で、以前このエッセイで書いたが、女子テニスはまったく魅力を失ってしまった。以前は、基本に忠実なフォームで、体重を乗せてしっかりとボールをとらえて打つ、という女子テニス独特の魅力があった。代表的な選手はクリス・エバートやシュテフィ・グラフだが、わたしがテニスをはじめたころは、「フォームを参考にするなら男子よりも女子の試合を観たほうがいい」とコーチに言われたものだ。パワー不足を技術でカバーしているので、ビギナーのよい参

「何でも見て
やろう」と
「別に、見たい
ものはない」

考となる。

だが最近の女子テニスは、男子と同じようにパワー全盛になってしまった。ラケットの素材の進化も、そういった傾向に拍車をかける。昔、まだデカラケがない時代、ボールはラケットのガット（弦）のスイートスポットと呼ばれる中央部分に深くめり込み、その反動で押し出され、相手コートに飛んでいった。だから、ラリーでは、ポーン、ポーンというテニス独特の打球音がしたものだ。今は、違う。ラファエル・ナダルが典型だが、ボールは強烈なパワーで押しつぶされるようにラケットで弾かれ、グシャッという何か壊れるような打球音が響く。パワーテニスは、女子のフォームや戦略を変えた。女子独特の魅力は影を潜め、男子の亜流に堕してしまった。

女子サッカーは他の球技に比べ相対的に歴史が短い。だから「男子の亜流」から脱皮して、女子サッカー独自の魅力を獲得するまでにはもう少し時間がかかるかも知れない。だが、なでしこジャパンは、ロンドン五輪で本当にはつらつとしていた。プレーがとても誠実で、組織力があり、連携もよくとれていた。つまり、サッカーの聖地でプレーできることが最高にうれしいということが見ているほうに伝わってきたのだ。彼女たちは、昨年のW杯で優勝して一躍スターになったが、それ以前は、少ない観客の前で地道にプレーを続けてきた。おそらく草サッカーに近い存在だったはずだ。それが、ウエンブリーという世界最高峰のスタジアムで、しかも満員の観客の前でプレーできる、だからあれほどの高いモチベーションを維持できたのだ。

*

「何でも見てやろう」と「別に、見たいものはない」

オリンピックに出るようなスポーツのスペシャリストと、一般的な若者をいっしょに論じることはできないが、そのこと自体が、現代における「若者論」の無意味さを象徴している気がする。たとえば先月号でも書いたが「現代の若者は幸福なのか」というような論考が目につく。幸福という概念は曖昧でわかりづらいが、はっきりしているのは、恵まれた環境でポテンシャルを伸ばし能力を発揮して「快適で充実した暮らし」をしているごく少数の若者と、こき使われて心身ともに疲労し、どん底の生活を強いられている底辺層の若者、それにその中間のグレーゾーンに、分化してしまったということだ。

一般的には、今の若者は車には興味がないということになっているが、ポルシェやフェラーリに乗っている若者がいないわけではない。全体の傾向として、昔ほど車に人気がないのは確からしいが、高級車に乗ってドライブを楽しんでいる若者が誰一人としていなくなったわけではない。

海外旅行にしても同様だ。わたしの周囲には、パスポートを持っていない若者が何人もいる。海外旅行にはまったく興味がないと彼らは言う。そんな若者は確実に増えているのだろう。「何でも見てやろう」という感じで、バックパックを背負い世界中を旅する若者は昔に比べると少なくなったようだ。だが、海外でトレーニングを積み、現地で楽しい時間を過ごしている音楽家や舞踏家やシェフや技術者などは昔よりはるかに増えている気がする。

中田英寿がイタリアでプレーしていたころ、いろいろな街の有名レストランに行くと、必ず修行中の日本の若者がいた。トスカーナのワイナリーにもいたし、フィレンツェの革製品の工房にも、ミラノの家具デザイン工房にも、日本人の若者がいた。わたしは、若者

「何でも見てやろう」と「別に、見たいものはない」

なら海外を目指すべきだと思っているわけではない。別に無理して海外に出る必要はないし、とにかく海外に出ればいいというわけでもない。「若者」とひとくくりにはできない時代になっていて、格差を伴った多様化、分化が進んでいるという事実を示しているだけだ。

そして、スペシャリストにはとうていなれない大多数の若者は、付加価値の少ない、非熟練の単純労働しかできないために途上国の労働者と競合しなければならず、低い賃金でこき使われる。おそらくその中には、学習の機会を与え、トレーニングを課せば、才能を発揮する若者が多数含まれているはずだが、日本社会はいろいろな意味で余裕がなく、人的資源の開発はまったく考慮されていない。

Sent:

Friday,

August 10,

2012

3:48 PM

053

04

Sent: Sunday, September 09, 2012 3:55 PM

反体制派なのにエリート、
かつお金持ち

05

ニコニコ動画で有名なドワンゴという会社を経営する川上さんから、「カンブリア宮殿」に出演してもらったときに、「昔は反体制だった村上さんが、どうしてこんな体制的というか、経営者視点の番組をやっているんですか」というような意味のことを聞かれた。成功している企業のほうが少ない時代だからです、とわたしは答えた。たとえて言えば、権威に充ちた強大な父親（日本社会）に対し露わな現実を突きつけ冷酷な抵抗の意を示していた息子（わたし）がいたのだが、あるときから父親は健康を害し、症状はしだいに重くなり、今や棺桶に片足を突っ込んでいるような状態となった、そんな感じの世の中になってしまった。

高度成長期のように日本全体が豊かになっていく時代では、それによって生じる歪みを露わにするという姿勢は必要だし有効だが、このエッセイでも何度か指摘したとおり、歪みはすでに埋もれたり隠れたりしていなくて、露わになるどころでなく、あふれかえっている。たとえば、近代化の歪みの犠牲となり、犯罪によって社会への復讐をはかる人間は文学の主要なモチーフの一つだったが、いまやそういった人々は新聞の三面記事やワイドショーでほぼ毎日扱われるようになった。発作的に凶悪犯罪に走る孤独な人間は、小説の中ではなく、たとえば白昼の秋葉原などに現実に存在する。

「カンブリア宮殿」という経済番組をやっていると、他にもいろいろなことに気づく。中小企業どうしの統合・合併を仲介する「日本M&Aセンター」という会社がある。年間の売り上げは60億円とそれほど大きいわけではないが、経常利益が30億で、50パーセントという驚異的な利益率を誇る。中小企業どうしのM&Aを成功させるためには、相互の信頼の維持が不可欠で、法務・財務・営業などの資料を徹底的に精査する必要がある。だから、日本M&Aセンターでは、弁護士、会計士などのスペシャリストを社員として擁している。逆に言えば、原材料費や設備投資などは不要で、だから支出のほとんどは人件費だ。利益率が高いのもうなずけるし、30代で年収数千万の社員もめずらしくないらしい。

すごい会社だと感心したが、わたしが驚いたのは、その会社の社長以下、複数の幹部社員がわたしの作品の熱心な読者だったことだ。彼らは金融や会計や法律のプロフェッショナルで、高収入を誇る正真正銘のエリートである。勝ち組とか負け組とか、そんなレベルではなく、おそらくどんな会社にでも転職できる「専門家集団」なのだ。

どうしてこんな人たちがわたしの小説の熱心な読者なのだろうと、不思議な気分になった。わたしは、もともと「ロックとドラッグとファック」を描いた処女作でデビューし、一貫して「反社会的な」作品を書いてきた。『13歳のハローワーク』という子どものための職業紹介絵本なども作ったが、そのメインテーマは「世の中には自分に向いた仕事をする人と、向いていない仕事をする人がいるだけだ」というもので、自分に向いていない仕事を我慢して続けている人たちから大いにひんしゅくを買った。子どものための絵本だったが、毒を含んでいたのだ。

*

なぜエリートたちが、と不思議に思ったが、熱心な読者は、その人たちだけではなかった。他の、かなりのパワーを持つ経営者、プロフェッショナルたちにもファンがいて、何度も驚いたことがあった。

年齢というか、世代のせいもあるかも知れない。日本M&Aセンターの社長とわたしはほとんど同年配で、60歳前後だが、考えてみると、ビートルズやローリング・ストーンズをリアルタイムで聞いていた世代だ。高度成長期に少年時代を過ごし、国内では全共闘、世界ではヒッピームーブメントやパリの五月革命に代表される反乱の嵐が吹き荒れたころ、高校生だった。30代でバブルを経験し、その後の長い経済と政治の停滞時には、すでにかなりの社会的ポジションを得ていた。

反抗もしたし、権威を疑うという精神は今も失っていない。世界を旅し、おいしいものを食べ、うまい酒を飲んで、刺激的な音楽を聞き、ハリウッドの黄金期、アメリカンニューシネマ、フランスのヌーベルバーグなど数々のすばらしい映画を封切り時に見ることができた。ただ、決して「自分たちは恵まれた世代だ」などと思ったことはない。当たり前だと思ってきた。もちろんいやなことや、挫折や、絶望感も味わったが、それなりに楽しんできた。だから今の社会的閉塞感がより鮮明に実感できる。

*

今と何が違うのだろうか。今の若者は、海外旅行や自動車や社会的成功などにあまり興味がないのだという話をよく聞く。そして、今の若者は、わたしたちの若いころに比べてより洗練されていると思う。世代として、マスとして、人をとらえることには注意しなければならないが、最大の違いは、経済の成長と停滞だと思う。

GDPは、昔より今のほうが大きいし、生活環境も、PCやスマートフォンに代表される商品のバリエーションも、今のほうがはるかに多い。わたしの世代は、ラジオ、白黒テレビ、カラーテレビという進歩の中で育ったが、今は最初から高解像度のデジタル放送を見ることができる。昔は単なる憧れに過ぎなかった本場のシングルモルトのウイスキーや、バーボンやコニャックが、規制緩和と円高のおかげで信じられないような安さで手に入る。

　つい20年前、男物のファッションブランドと言えば、アルマーニやヴェルサーチくらいしかなかった。ワインにしても、今となってはおいしくも何ともないことが判明したボージョレー・ヌーボーをありがたがって飲んでいた。数千円で暖かなダウンジャケットが買えるなんて、昔は信じられなかった。 今のほうが、はるかに安い値段ではるかに高品質のものが手に入る。かつては、レトルトのカレーと言えば、ボンカレーしかなかったが、今はものすごく多くの種類から選ぶことができる。

Sent:

Sunday,

September 09,

2012

3:55 PM

　だが、現代が過去に間違いなく劣っていることがある。一般的な労働者の給料が上がらないことだ。さらに雇用も安定しない。給料が上がらないと、将来的な生活設計ができない。恋愛して結婚相手を探すにも、結婚して子どもを作り家庭を築くにも、ベースとなるのは給料で、それが低く固定されると、希望が失われる。だから、若者の中に、社会貢献やボランティア活動にモチベーションを見出す人が増える。

　それはそれでいいことだと思う。海外旅行や、高いワインや、高級車に対して魅力を感じないのも、別に悪いことではない。洗練は、根源的な人間のエネルギーを奪うが、欲望を肯定しながら生きていくことが必ずしも必須だとも思わない。繰り返すが、貧しくてもそれなりの生活ができるのは、いいことである。だが、わたしは今の時代に若者として生まれなくてよかったと思う。とても生きづらい印象があるからだ。

Sent:

Sunday,

September 09,

2012

3:55 PM

063

05

Sent: Thursday, October 11, 2012 12:03 AM

一生これでOKという
プライドと充実

06

このエッセイがおもに若者が読者の雑誌に連載されていることから、自然と最近の若者について書くことが多い。これまで書いた原稿を読み返してみると、わたしは現代の若者のことを、「かわいそう」という風にとらえている。ふと思ったのだが、過去にそんな時代があったのだろうか。中高年、あるいは老人の、若者に対する思いというのは、だいたい「まったく最近の若者ときたら」というような不満や嘆きだったような気がする。

わたしは、別に今の若者に不満はないし、嘆きたいとも思わない。24歳で作家としてデビューしたときからずっと同じことを言い続けてきた。それは「下の世代には興味がない」ということだが、それも自ら進んで発言してきたわけではない。下の世代についてどう思いますか、と質問されたときに、「興味はありません」と答えてきたのだ。だが、海外のメディアから

Sent:
Thursday,
October 11,
2012
12:03 AM

日本の現状について取材を受けたりするときも、どういうわけか必ず若者について聞かれる。日本の若い世代はどうして政治に興味がないのですか、みたいな質問だが、そういうとき、わたしは「政治に興味がある若者もいます」と答える。そして、「日本の若者」「日本の若い世代」とひとくくりにできる時代ではありませんと付け加える。

わたしは、居酒屋にはまったく行くことがないが、ホルモン・焼き肉系は馴染みの店がある。だが、最近、その店に行くのがおっくうというか、いやになった。10名程度の、大勢の若者のグループといっしょになると、うるさくて疲れてしまうのだ。彼らは、大声で話し、非常に大きな声で笑い合う。一人が話し、それをみんなでじっと聞く、などということはほとんどない。誰かが大声で何か言うと、みながいっせいに笑い、また誰かが非常に大声で叫ぶように話し、そういったやりとりがえんえんと続く。

　ただ、そういった光景は、若者だけのものではない。わたしの定宿のメインバーでもときどきそういったグループがいる。大声で誰かが何かを言って、みんながいっせいに笑うのだが、それはスーツを着たサラリーマンの団体だ。わたしはあえてビジネスマンとは書かずに、サラリーマンと書いた。ホテルのメインバーは居酒屋よりも敷居が高いので、古臭い雰囲気のサラリーマンの団体には必ず中心となる「上司」がいる。上司が部下を連れて、おごってやっているのだ。上司が何か話すと、みんながいっせいに笑い声を上げるのだが、一昔前に比べると、そういったグループは明らかに減っている。

　静かに話し、静かに笑うカップルや、30、40代のグループが増えている。フリーターはホテルのメインバーでは飲めないだろうから、彼らはある程度の収入のある「ビジネスマン」なのだろう。

＊

大声を上げて話し笑い合う若者のグループがいると、わたしも大声を出さなければいけなくなる。たいてい仕事の打ち合わせを兼ねているので、ものすごく非効率的だし、とにかく疲れる。若者のグループは、たいていその店の「2時間飲み放題」というシステムを選んでいるので、2時間、とにかく大きな声の笑いが止むことがない。そして、不思議なのだが、笑い合っているのに、楽しそうには見えない。

それは前述のサラリーマンの団体と共通している。上司が言ったことに対しては、即座に大きな声で笑わなければならないというサラリーマンの悲哀のようなものが自然と漂っているのだ。だが、若者たちのグループには、サラリーマンとは違って「上司」はいない。何となくリーダーっぽい存在の若者はいるが、上下関係はない。だから、目上の者に気をつかって無理して笑っているということではない。

　だったらどうして楽しそうに見えないのだろうか。楽しそうに見えないのはわたしがそういった雰囲気を経験していないだけで、本当は意外と楽しんでいるのかも知れない、そう思うこともある。わたしは、子どものときからおおぜいで大声で話し大声で笑い合うということがまったくなかった。二人きりとか、少人数で、静かに話すのが、好きというより、それ以外だと、疲れるのでいやだった。

　大声で話している割りには、若者たちのグループが何について話しているか、ほとんどわからない。とにかく誰かが、大声を発し、発作的な高笑いが起こる、単純なその繰り返しだ。ほとんど会話になっていない。

きっと、退屈な日常から逃れてはしゃぎたいだけなのかも知れない。だったらいっそのこと、プロ野球のリーグ優勝チームがやるようにビールかけをやるとか、阪神が優勝したときの大阪のファンのように裸になって川に飛び込むとか、そういったことをやればいいのにと思ってしまう。

*

もう20年以上も前になるが、当時新進だった20代前半の、イタリア人F1レーサーにインタビューしたことがある。レーサーって女の子にもてるでしょう、と聞くと、どうですかね、と彼ははにかみながら答え、でもデートしたりする時間はないんですよ、と言って、次のように説明してくれた。

「レースがないときでも、マシンのテスト走行とかで時間を取られてしまいます。時間的余裕はないですね。ぼくはF3の地方レースから這い上がってきたので、最高峰であるF1の世界に、何としても留まりたいんです。だから、レースも、テスト走行も、ベストの状態で行ないたいので、ほとんどお酒は口にしませんし、デートする時間もないというわけです。それはぼくだって、若い男ですからね。きれいな女の子と海に行ったり、バーでシャンパンを飲んだり、もっと他にもいろいろと、楽しいことをしたいですよ。ただ、今考えるのは、女の子と楽しい一夜を過ごす、ということではないんです。どういうことかというと、そのことを思い出すと、一生自分に自信を持って生きられるというか、一生分のプライドを得られるというか、そんなことに自分を賭けたいってことなんです」

もちろん欧州のF1レーサーと、ホルモン・焼き肉屋に集まる若者を単純に比較することにあまり意味はない。ただ、どういうわけか、大声で話し、大きな声で笑い合う日本の若者たちを見ていると、そのレーサーの言葉をつい思い出してしまうのである。

Sent:

Thursday,

October 11,

2012

12:03 AM

073

06

Sent: Sunday, November 11, 2012 6:29 PM

情熱はなかったし、今もない

07

今年のキューバイベントが終わった。例年11月に行なっているので、キューバ人ミュージシャンがやって来て、レコーディングやコンサートで、約1週間が過ぎ、彼らが戻っていくと、「ああ、もうすぐ1年が終わってしまうんだな」という感覚になる。最初にキューバからオルケスタを招聘したのは、92年なので、もう20年以上もプロモーター活動を続けていることになる。

「村上龍は、キューバ音楽への飽くなき愛情と、日本人にその魅力を紹介し届けたいという情熱で毎年コンサートを主催している」みたいな感じで、よく紹介されるのだが、実情は違う。キューバ音楽に飽きることはないので、「飽くなき愛情」というのはだいたい当たっているのだが、「情熱」という言葉には違和感がある。素晴らしいキューバの音楽を日本人に届けたいという情熱があるか、あるいはこれまであったかと言

Sent:
Sunday,
November 11,
2012
6:29 PM

07

われると、うーんと首を傾げざるを得ない。

そもそもキューバ音楽に限らず、わたしには情熱と呼べるような感情はあまりないし、これまでもなかった。生まれたときから、物心ついて今日まで、自らの中に情熱があると実感したことがない。「炎のような情熱」というような表現を耳にすると、どういうわけかとても気恥ずかしくなる。以前、ある巨大なテーマパークを作った経営者から、「わたしは炎のような情熱を持ってこの施設を造ったのです」と言われて、はあ、そうなのか、と感心し、自分にはまったくそんな情熱はないなと思ったものだ。

たとえば『半島を出よ』という400字詰め原稿用紙にして一千数百枚の上下巻の小説を書き上げたときなど、「すごい情熱で書いたのでしょうね」みたいなことを、取材などで聞かれるが、もともと情熱などないので返答に困る。情熱で小説が書ければ楽だろうなと思う。小説の構想というか、コアな、芽のようなものが自分の中で生まれるときは確かにうれしい。これでまた新しい小説を書いて、高いクォリティをキープできれば、作家として生き延びることができると思えるからだ。だが、同時にある種の憂鬱も生まれる。ある種の憂鬱、というのは、そのことを考えただけで気分が暗くなるというようなタイプの憂鬱ではないので、そういう表現になった。

要するに小説を書くというのは、それはもちろん高揚感もあるし、充実感や達成感もあるが、わたしにとってこれほど面倒で、大変な作業は他にない。普段誰かと話しているときや、「カンブリア宮殿」というテレビ番組でインタビュアーをしているときよりも、よりハードに脳を使う。酷使するといってもいい。そんな作業が、情熱だけで持続できるわけがない。しょうがない、書かないと終わらないから書くか、常にそう

情熱は なかったし、今もない

思いながら書いている。

そういった態度は情熱などとは無縁で、完全に醒めていて、必ず前述の「ある種の憂鬱」がある。「よし、やってやるぞ」などと、燃えるような思いを持ったことは一度もない。よく「内に秘めた闘志や情熱」などと言われるが、そんなものもない。じゃあ白けているのかと言われそうだが、別に白けているわけでもない。いやいやながら小説を書きはじめるわけではない。もちろんやる気はある。ただ、感情というか、意識としては、ごく普通なのだ。

*

キューバにはじめて行き、ミュージシャンたちの演奏技術に啞然となって、日本に招聘することになった経緯も、似たようなものだった。当時、最高のメンバーをそろえ、圧倒的な人気を誇っていた「NG・ラ・バンダ」というバンドがいて、リハーサルを見に行くうちに、いっしょに食事をするようになった。リーダーが、「今度日本に行くかも知れない」と言うので、「へえ、誰に招かれて、どこでやるんだ」と聞くと、地方のサルサ好きが主催するコンサートで、場所は山の中のスキー場らしい。しかも季節は夏だった。夏のスキー場を借りての野外コンサートらしかった。

　そのバンドの音楽は非常に都会的だったので、「おせっかいは言いたくないけど、夏のスキー場とかで演奏しないほうがいいよ」と、わたしはアドバイスした。すると、そんなこと言うんだったら、ムラカミ、お前が日本に呼んでくれよ、と言われて、成り行き上、断れなくなってしまい、わかった、と言ってしまったのだった。それが、そもそものはじまりだ。それからはとても大変だった。作家のわたしに、外国人ミュージシャンを招聘するノウハウがあるわけもない。ラジオやテレビ局、雑誌編集者などの友人に、どうしたらいいのかなと相談したりしていた。

結局、招聘の事務的な作業は専門会社にまかせるとして、何より資金が必要だということになり、昔からよく一緒に仕事をしていた電通の友人に相談し、スポンサーを探すことからはじめ、いくつかの企業にプレゼンに出向いた。当然のことながら、誰もキューバ音楽など聞いたことがなかった。キューバという国そのものも馴染みが薄かった。フィデル・カストロとチェ・ゲバラ、それに葉巻とラム、くらいの情報しかなかった。

わたしは、現地で撮影したビデオと、CD音源を持って、スポンサー候補の会社に行き、NG・ラ・バンダの演奏能力がいかに高く、その音楽コンセプトがいかに都会的で洗練されているかを説明しなければならなかった。幸運にも、スポンサーは案外簡単に見つかり、友人のラジオ局が主催してくれることになり、コンサート開催が決まった。そのあとは、彼らのCDを販売してくれるレコード会社と交渉し、コンサートまでは、宣伝に協力した。ラジオ局に行って、番組に出演し、何曲か流してもらって、その音楽がいかに優れているかを喋るのだ。

　そうやって、キューバのバンドの招聘をはじめたわけだが、2回目以降は、楽になった。NG・ラ・バンダの演奏を生で聞いて、招聘に協力してくれた友人たちが「ぶっとんでしまった」からだ。誰もそんなすごい演奏を聞いたことがなかった。彼らは興奮し、口々に「来年もやりましょう」と言った。それ以来、雑誌社、広告代理店、レコード会社、ラジオ、テレビ局などの友人たちが協力してくれて、毎年恒例のイベントになっていったのだが、コンサート間近になると、わたしは宣伝のために、エッセイを書き、テレビに出演し、ラジオで喋った。そういった宣伝活動が、「キューバ音楽を情熱を持って日本に紹介する」というイメージを作ったのだろうと思う。

　だが、繰り返しになるが、情熱はなかったし、今もない。だが、わたしがキューバで見つけてきた音楽で他の人が楽しみ、興奮し、踊り出すのを見るのは、もちろん悪い気分ではない。自分がいいと思ったものを他の人もいいと思ってくれる、それは人間にとって根源的な喜びなのだが、ただ情熱がないのだけは確かなのである。

Sent:

Sunday,

November 11,

2012

6:29 PM

085

07

Sent: Sunday, December 09, 2012 7:24 PM

いくつになっても元気です、
という嘘

08

『55歳からのハローライフ』という新刊を上梓した。昨年末から今年7月まで地方紙に連載していたもので、タイトルからもわかるように、描かれているのは中高年の「定年後」「退職後」「離婚後」の人生である。わたしも今年還暦を迎え、この小説の登場人物たちとほぼ同世代なのだが、「老後」をモチーフにした小説を書くとはこれまで想像したこともなかった。だから、きっとこの新刊は若い人たちにはあまり読まれないだろうと思う。卑下してそう言うのではなく、事実として、若いときに老後のことを考えるのは常識的におかしなことだからだ。

老後というか、リタイアしたあとを考えないのは若い人たちだけではない。「困窮層」と呼ばれる階層に属する人たちも同様だ。シニアマーケットのリサーチ会社などへの取材で、2：6：2という数字をよく聞いた。定年後というか、老後の生活は、2割の「悠々自

Sent:
Sunday,
December 09,
2012
7:24 PM

08

適層」、2割の「困窮層」、そして残り6割の「中間層」に分類される。高齢化の時代ということで、定年後の生きがいとか、海外移住とか、ボランティアとか、趣味を活かすとか、豊かで文化的な生活を考えるとか、老後をテーマにした特集記事やTV番組をよく見かけるわけだが、「生きがい」などと悠長なことを考えられるのは「悠々自適層」だけで、「困窮層」は退職するとすぐに生活は困窮し、「中間層」もインカムがない場合には長生きすればするほど生活は苦しくなっていく。

老後が悲惨なものになるとわかっている「困窮層」だが、どういうわけか老後のことを考えようとしない傾向がある。『55歳からのハローライフ』では、多くの中高年に取材したが、老後がやばいという人たちほど、老後について考えていなかった。本来は逆だろう。このままだと悲惨な老後が待っているから、今から対策を考えないと、と思うのが普通だ。だが、彼らは、考えたくないらしい。「わたしなんか、引退したら即ホームレスですよ」と自嘲気味に言うタクシーの運転手が何人もいた。

　彼らが、このままだと悲惨なことになるとわかっていながら老後を考えないようにしているのは、恐いからだ。老後を想像するのが恐ろしいと、多くの中高年が言っていた。考えてもしょうがないという人も多かった。特別なスキルもないのでこの歳で再就職ができるわけもなく、健康にも不安があり、家族関係もうまくいっているとは言えないし、親はすでに介護が必要となっていて、預貯金と退職金はあっという間に底をつくし、年金だけではとても暮らしていけない、多くの人がそんな不安を持ちながらその日その日を何とか生きていて、老後のことを考える余裕も、勇気も、モチベーションもないのだ。

*

若い人が老後を考えようとしないのは、ある意味当然だ。わたしも考えなかった。だから、『55歳からのハローライフ』みたいな作品を書くことも想像できなかった。定年後に自分がどのくらいの年金をもらえるか、というようなことを考えている若い人は極端に少ない。年金の場合、計算法が複雑でわかりにくいということもあるが、そもそも20代の若者が、60代のことを考えるのは、本来不自然で、非合理的なことなのだと思う。

理由ははっきりしている。不確定要素が多すぎて、先のことを考えてもあまり意味がないからだ。20代だと、まだ就職できていない場合もあるし、運良く大企業の正社員として就職できたとしても将来的に部署や配置先が変わったり、会社が他と合併したり、業績が落ちて大量の早期退職が出たりする。また、どんな結婚をするかもわからないし、結婚して子どもがいたとしてもこの先どのくらい教育費がかかるのか、子どもの頭の出来にもよるので何とも言えないし、マンションとか家を買うかどうかもおそらく決められないだろうし、あるとき親に介護が必要になるかも知れないし、そもそも、明日交通事故で大けがをしたり死んだり、あるいは大地震が来たりするかも知れない。

　そんな状況で、60歳になった自分をイメージしようと試みるのは明らかに不自然で、非合理的だ。そんなことをイメージするヒマがあったら、読書するとか、セックスするとか、仕事の残りを片付けるとか、ランニングやサイクリングをするとか、英語の単語をひとつでも覚えるとか、そんな行為のほうがはるかに意味がある。

＊

わたしも、つい最近まで、自分が60歳になるということがまったくイメージできなかった。正直に言うと、今でも還暦を迎えたということがぴんと来ない。わたしの場合は定年もないし、生活は基本的に何も変わっていない。ただ、はっきりと体力は落ちた。以前も書いたような気がするが、もうまったく無理はきかないし、これまでいやだったことが何倍にも増していやになった。大勢の知らない人の前で話すとか、早起きして飛行機や新幹線に乗るとか、そういったことが本当に面倒くさくなった。

いくつになってもますます元気、とか言ってる年寄りがたまにいるが、あれは嘘だ。歳を取れば取るほど元気になる生物は地球上に存在しない。どの生物も老年になると弱っていくし、足を折ったり牙を失った肉食動物は獲物が捕れないので死を待つしかない。というようなことを、わたしは20代、30代、いや50代半ばになっても想像できなかったし、しなかった。

　小説で言うと、20代にしか書けないタイプの作品があり、わたしは20代でそれを書き、30代では30代でしか書けないものを書いた。そういったことを続けてきて、あるときふと気づいたら60歳になっていた、そういうことだ。

　最近、自宅にテラスを造ったのだが、たくさんのプランターに水をやるとき、老人には庭仕事が向いているんだなと思う。若いころ、蘭の栽培や盆栽、野菜作りなどをしている老人を見て、他にすることがないのかと違和感を持ったが、庭で、一人で黙々と植物と向き合うのは、それほど体力も使わないし、案外心が落ちつくんだろうなと理解できるようになった。だが、

Sent:
Sunday,
December 09,
2012
7:24 PM

わたしは水まき以外、庭仕事はやっていない。この先も、花壇を造ったり、温室で観葉植物を栽培したり、盆栽をはじめたりすることはないだろう。庭仕事をするのがいやだというわけではない。アイデアがあって、いまだ書いていない小説がたくさんあるというだけだ。

Sent:

Sunday,

December 09,

2012

7:24 PM

095

08

Sent: Wednesday, January 09, 2013 11:41 PM

いまだに続く心の中の戦後

09

Sent:
Wednesday,
January 09,
2013
11:41 PM

09

だんだんエッセイを書くのがおっくうというか、辛いというか、面倒になってきた。こんな気分は、はじめてかも知れない。年齢のせいではないと思う。書くべきことがないというわけでもない。わたしは、「まったく今どきの若者ときたら」というようなことは全然考えていない。今の若い人たちがダメだとは思っていない。日本全体を考えてみてもダメになっているわけではない。内外の変化に適応できていないだけだ。確かに、たとえば家電業界は結果的にダメになり、数千人単位でリストラを行なっている。シャープは存続が危ぶまれているが、ちょっと前までは「亀山モデル」という薄型テレビは市場を席巻していた。

だが、薄型テレビがこれだけコモディティ化（普及・必需品化）するとは予測できず、大型設備投資を行ない、大規模な製造施設を持たずに部品を組み立てるだけのいわゆるファブレスメーカーに価格面などで太刀打ちできなくなり、わずか数年で、市場から退出を迫られるまでになった。攻めの経営が裏目に出たわけだが、当時の状況では、他の選択肢を考えることができたのだろうかと思う。

シャープもパナソニックも、それにソニーも、今さんざん叩かれているが、わたしは、それらの企業がとんでもない間違いをしたという風には思えない。過去の成功体験から判断したことで、方向転換は極めてむずかしかったはずだ。

知人から聞いた話なので真偽のほどは不明なのだが、サムスンは李承晩時代にサッカリン（系列会社の密輸事件もあった）で大儲けして、クーデターで政権を取った朴正煕に睨まれ、潰されそうになったことがあるらしい。そのとき当時の経営トップは、それまで得た利益のすべてを朴正煕に献上して生き延びたそうだ。サムスンは、企業として「生き延びる」ことがいかにむずかしいか、強烈な痛みを通じて学んだことになる。だから、必死になってマーケットの変化、政治情勢の変化を読み取ろうとするのが当たり前になっている。勘違いしないで欲しいのだが、わたしは韓国企業が大前提的に素晴らしいと言いたいわけではない。日本企業と違って、変化に適応することに長けているということだ。

＊

　昨年末の総選挙で自民党が政権を奪い返し、再び安倍晋三が首相になった。安倍新首相は「アベノミクス」と呼ばれる経済・金融政策を実施しようとしていて、円安と株高をもたらしたと称賛するエコノミストも多い。だが、安倍氏は、つい数年前に体調不良を理由に突然辞任した過去がある。そのころ、女子高生の間で無責任に中途で何かを放棄するという意味の「あべる」という隠語が流通したという。

安倍氏は、わたしがインタビュアーをつとめるTV番組に2回出演し、かなり話も弾んだ。だからというわけではないが、人柄を批判するつもりもないし、首相として無能であると決めつけているわけでもない。だが、突然の辞任で政治空白を作った責任ということになると、政治家を辞するのが当然だと思う。「あべる」と女子高生になじられた人物が再び首相に就任するというのは、国民から規範を奪う。政治の世界というのは「何でもあり」なのだと、わたしたちは刷り込まれ、徒労感に襲われる。変化に適応するとかしないとか、それ以前の問題で、気力がなくなり、批判するのもおっくうになってしまう。

*

Sent:
Wednesday,
January 09,
2013
11:41 PM

『寂しい国の殺人』というエッセイで、わたしは近代化の終焉と、それに適応できない日本について書いた。その中に、紅白歌合戦と芥川賞に関する記述がある。近代化が終わったあと、どちらもすでに役目を終えていると考えたのだった。今も、その考えは変わらないし、紅白も芥川賞も、年を経るごとに空虚なルーティンとして、より不自然になっていると思う。

紅白歌合戦は、戦後すぐ、傷心の国民を慰撫するためにNHKラジオではじまり、高度成長期には「豪華なオールスターの饗宴」として、子ども心にも非常に楽しみな一大イベントだった。歌われる歌は大ヒットしたものばかりで、家族全員がいっしょに歌うことができた。今はまったく違う。国民的な歌手もいなくなったし、すべての年代が知っているというヒット曲もない。わたしの記憶では、80年代の寺尾聰の『ルビーの指輪』あたりが最後ではないかと思う。だいたい、現代社会で男と女の歌手、グループに分かれて、赤と白で歌を競ってどこが面白いのだろうか。

もう十数年前から、わたしは紅白を直ちに中止して「東アジア歌合戦」にすればいいと思っていて、あちこちでそのアイデアを喋った。すると、ある新聞社の社長がぜひ実現させたいと具体案を示してきたり、日本を代表するいくつかの大企業が、その際はぜひスポンサードをしたいと申し出たりした。だが、民放でやるのはあまり意味がないし、わたしには「東アジア歌合戦」をプロデュースする時間的余裕も興味もないので、結局ほったらかしになった。

わたしは、「東アジアの国々とは仲良くしたほうがいい」と思っているわけではない。とくに中国人のメンタリティは苦手で、個人的に合わないといつも感じる。だが、NHKが、大晦日の紅白を止め「東アジア歌合戦」を開催すると、「世界でもアジアでも大きな変化が起こっていて、わたしたちはその変化に適応しなければならないのです」という強いメッセージを発することができる。また、東アジアの大衆音楽の文化的主導権も、とりあえず保持できる。

去年、PSYというアメリカ帰りの韓国人歌手が、「カンナム・スタイル」という歌を大ヒットさせた。いわゆるK-POPは基本的にアメリカのポップスのコピーで、音楽性が高いとはとても思えないが、アーティスト、プロデュース会社ともに、世界戦略がはっきりしている。中国も、国を挙げて映画とポップスでの世界進出を図っているようだ。成功するかどうかはわからないし、成功して欲しいとも思わないが、たとえば、大晦日に北京か上海で、大規模な「東アジアの国別対抗歌合戦」が行なわれるようになったら、紅白は間違いなくかすんでしまうだろう。

芥川賞にしても同じだ。北京の出版社か、上海やソウルの新聞社が「東アジア新人文学賞」を実現させたら、いずれ芥川賞は忘れ去られるかも知れない。NHKや文藝春秋に限らず、日本のメディアには、不思議なことに、「文化的主導権を奪われるかも知れない」という危機感がゼロだ。

Sent:

Wednesday,

January 09,

2013

11:41 PM

09

Sent: Friday, February 08, 2013 11:24 PM

フェラーリに火をつけろ

10

Sent:
Friday,
February 08,
2013
11:24 PM

10

わたしの周囲で、業績が急激に悪くなる会社が増えている。おもに音楽、出版、IT関連の業界だ。業績が上がらず、目に見えて売り上げが落ち、会社が急激に傾いてくると、まず経営陣の給与がカットされるようになり、たいていの場合そのくらいでは月次の赤字を埋めることはできないので、従業員が一人、また一人と、解雇されるようになる。当たり前のことだが、そういう状態に陥った会社は、まるで疫病に取り憑かれたように、雰囲気が悪くなる。ネガティブな気が社内に充ちて、ひどい場合には残った社員たちの間で病気に罹る人が出る。希望が失われると、人は病気に罹りやすくなるものらしい。

ただ、ブラック企業ではないので、経営者も必死に生き残りを図ろうとするし、解雇した従業員の再就職などの相談にも応じたりする。わずかだが、できる限りの退職金も用意される。ある音楽制作会社で以前いっしょに仕事をしたことのある30代半ばのエンジニアが解雇された。会社としては中堅どころで、CFや映画音楽など、それなりにレベルの高い仕事をしていたのだが、iTunesなど、急速な音楽業界の変化に充分に対応できなかったのだ。わたしは、そのエンジニアだけではなく、経営者とも親交があった。解雇は、早期退職の形で、半年前に言い渡されたらしい。だが、特別な技術のない音楽エンジニアの再就職は極めてむずかしい。数十名の従業員は、すでに10人以下となり、会社の存続も危ういということだった。

わたしは、ふと気になって、そのエンジニアに「社長は、328を売ったのかな」と聞いた。社長は温厚な紳士だが、車好きで、フェラーリ328を1台持っていた。フェラーリの車種の中では量産車で、わたしも同じ時期に同じタイプのものを買ったので、たまに会うと「328は元気にしてますか」という風に話が弾んだものだ。
「いや、まだ乗ってますよ」とエンジニアは答えた。わたしは少し驚いたが、「そうか、しかし、まあ、売っぱらっても今だったらせいぜい300万くらいだから、焼け石に水だもんな」と応じて、話題を変えた。だが、どうも釈然としない思いが残った。社長はフェラーリを通勤に使っているので、そのエンジニアに解雇を通告したときも、フェラーリに乗って会社を後にしたことになる。

社員にクビを通告する経営者はフェラーリに乗ってはいけないという法律があるわけではないし、フェラーリは社長個人の資産で、しかも必死で働いて会社が儲かっていたときに買ったものだ。社員をクビにするくらいならまず保有するフェラーリを売れ、などというのは確かに筋が違うかも知れない。会社の負債はおそらく億単位で、中古のフェラーリを売っぱらったくらいではどうにもならない。だが、それでもやはり釈然としなかったので、そのエンジニアに、「お前、クビだって言われて、それでも社長がフェラーリに乗っているのを見ても平気だったのか」と聞いた。しょうがないでしょう、と彼は力なく答えた。彼は、社長を尊敬していたし、会社が傾いてからは、毎日必死の形相で金策に走り、見るに堪えないほど憔悴しきった表情だったので、逆に同情していたのだそうだ。

*

わたしも、その社長に対しては好意を持っていたので、大変そうだなと思って見ていたのだが、社員を解雇する経営者がフェラーリに乗っているというのは、どういうことだろうかという疑問が湧き、それが消えなかったので、若い友人たち十数人に意見を聞いてみた。彼らは一様に、「しょうがないですよ」と答えた。理由は、さっきわたしが挙げたのと同じで、「社長個人のものだから」「売っても大した金になるわけじゃない」「儲かったころに自分の金で買ったものだから」そんな感じだった。

彼らの対応に、わたしは驚いたし、違和感を持った。「頭に来ますよ。フェラーリに火をつけたいくらいですよ」誰か一人くらい、そう言うのではないかと思ったのだ。勘違いしないで欲しいが、わたしはその社長に対して怒りを覚えているわけではない。それほど親しくはないが、友人だし、辛い毎日を送っているはずで、フェラーリに乗ることで精神の安定を保っているのかも知れない。わたしが違和感を持ったのは、おもに「しょうがない」という若い連中の反応だった。

今の雇用情勢を考えれば、無理もないのかも知れない。有力な大企業に正社員として就職できるのは、ごく一部の若者だけだ。たとえ就職できても、給与はほとんど上がらないし、新入社員の研修やトレーニングができる体力のある企業は限られている。また「自分には合わない」とすぐに辞める人も多いらしい。大企業の定義は面倒くさいので省くが、事業所数ではわずかに1パーセントで、従業員数でも3割だといわれている。圧倒的に多くの人が中小企業で働いている。ちなみに、わたしの周囲にいる若者は、出版、音楽、映画などのメディアで働いている者ばかりで、それらはすべて中小企業だ。中小企業では、経営者の一声で、しかも失業保険などで不利になる自己都合による退職にされてしまうケースがほとんどだと聞く。

会社の業績不振はすべて経営者の責任だが、現実的には、中小企業だけではなく、大企業においても、不当解雇訴訟が非常に少ない。人員整理を必要とする企業には資金も資産も不足しているから、解雇を不服として会社に居座る努力をしても大して意味がないというのも理解できる。

　しかし、さまざまな事情があるとはいえフェラーリに乗る社長から会社の業績不振を理由として解雇を告げられることを、どう考えればいいのだろうか。それは本当に「しょうがない」ことなのだろうか。今、人はどういうときに怒りを持つのだろう。フェラーリに乗った社長から「会社が傾いているから辞めて欲しい」と言われたらどう対応するか、想像してみたが、会社勤めの経験がないわたしは判断ができなかった。いずれにしろ「しょうがない」という言葉が社会全体を被っている気がする。通り魔的な犯罪が象徴する苛立ちは充ち満ちているが、ロジカルな反論とか、正統的なデモンストレーションを伴う怒りは、反原発のデモ以外、どこかにあるのだろうか。

　もっと怒れ、と扇動したいわけではない。わたしは人を扇動するのも、人から扇動されるのも嫌いだ。怒りという概念を心の奥にしまい込んでしまった人たちに対し、「もっと怒れ」などと言うのは、基本的に「おせっかい」だと思う。だが、社会的怒りは「しょうがない」という言葉では消えない。変質して、どこかに沈殿する。そして近い将来、それが違う形で、悲劇的に噴出するような予感がある。

Sent:

Friday,

February 08,

2013

11:24 PM

117

10

Sent: Friday, March 08, 2013 6:14 PM

「アベノミクス」という
甘いお菓子

11

「アベノミクス」と呼ばれる金融・経済政策が行なわれて、円安が進み、株価が上昇している。インフレ率2パーセントを実現するという日銀のコミットメントで、市場に期待感が生まれ、ひょっとしたらこれで景気が良くなるかも知れないと多くの投資家や国民が思いはじめているようだ。「アベノミクス」が、景気浮揚に有効なのかどうか、わたしは専門家ではないので、わからない。ただし、専門家でも確かなことはわからないようだ。日銀はもっと早くインフレ目標を定める金融緩和を実施すべきだったし、これでインフレ期待が醸成されれば、消費も増えて、需要が高まると見る専門家もいるし、生産性を上げ、付加価値が高く競争力のある製品を作り出さなければ、金融緩和と公共事業だけでは日本経済の復活はないとする専門家もいる。

　どちらが正しいのか、あと1年、いや半年もすればはっきりするだろう。だが、わたしは「アベノミクス」には明らかなデメリットもあると思う。インフレターゲットというのは非常に危うい金融政策で、たとえて言うなら「ゴム紐で煉瓦を引っ張る」ようなものだと指摘する経済誌もあった。ゴム紐で煉瓦を引っ張ろうとすると、最初はなかなか動かないが、さらに力を加えていき、あるポイントを過ぎると、煉瓦は一気に急速に引っ張られていき、止めることができない。つまり、インフレを起こすことができても、2パーセントで止めることができるかどうかわからない、ということだ。

だが、わたしが感じる「アベノミクス」のデメリットというのは、それとは違って、どちらかと言えば文化的なことだ。個人的にはそういう可能性は少ないと思うが、ひょっとして「アベノミクス」が日本経済の復活を促すことになったと仮定すると、政府は景気を浮揚できるのだと多くの国民や企業が実感するだろう。景気というのは循環的なものなので、次に悪い時期が来たときに、国民や企業は、再び政府の金融・財政政策に期待することだろう。わたしは基本的に、成熟した国家においては、政府ができることは限定的だと思っている。つまり、政府は製造業の生産性を上げることはできないし、新しく画期的な商品を生み出すこともできない。

iPod、iPad、iPhoneを創り出したのは、アメリカ政府ではなくS・ジョブズ率いるアップルであり、かって世界を席巻した「ウォークマン」を創り出したのは当時の日本政府ではなく、開発を命じたソニーの盛田昭夫と、当時のオーディオ事業部長であった大曽根幸三のチームだった。ただし政府が何もできないかというと、そうではなく、税を安くしたり、外国の競合製品に関税をかけたり、公的資金を注入したりできるのだが、あくまでも、法改正を含むさまざまな措置で生産性を上げる環境を整備するだけで、画期的な商品開発などに携わることはできない。

日本の製造業は、「アベノミクス」によって円安に振れたことで利益が拡大し、喜んでいるが、だからといって家電や通信機器メーカーが競争力において、たとえばサムスンを凌駕したということではない。現在のところ、液晶テレビや携帯電話などの分野においてサムスンの圧倒的優位は揺らいでいない。意地の悪い専門家は、「日本の電機メーカーが競争力を失ったのは円が高かったからではなく、サムスンよりいい製品を作ることができなくなったからだ」というような、どうやら正論だと思えることを指摘する。政府が、お上が、何とかしてくれる、という思いは、企業と国民に甘えを生む。必死になって商品を開発しなければという危機感が薄れるかも知れない。

*

「アベノミクス」が成功すれば、自然に「政府が何とかしてくれる」というアナウンスメントが波及する。だが、メディアをはじめ、わたしたちの社会は、そういったアナウンスの効果にはかなり鈍感だ。今でも連日、中小企業や中小商店、それに地方の商店街の苦境が報じられ、逆に、巨大すぎて倒産の影響が大きすぎると判断される大企業は政府主導によって救済される。JALの救済がその典型だが、自動的に、「ああ、やっぱり大きな会社は潰れないんだな」というアナウンスメントが波及する。そんな社会で、「若者は失敗を恐れず勇気を持って起業せよ」などと煽っても効果はない。いつまで経っても、優秀な学生のほとんどが起業などには見向きもせず、大企業の正社員を目指して、消耗戦のような就活を続けることだろう。

個人的には「アベノミクス」が成功する可能性は小さいと思っているのは、政府主導で生産性を向上させ、画期的な製品・商品を生み出した国家が思い浮かばないからだ。だがわたしの予想通り、「アベノミクス」が失敗に終わった場合、事態は今よりもはるかに悲惨になる。民主党が政権を取って、何か新しいことがはじまるのではという期待が生まれて、それが泡のように消えたとき、社会の閉塞感と徒労感が増大した。「要するに誰が政治をやっても同じで、ダメなのか」というあきらめが充満したのだ。「アベノミクス」が失敗に終わった場合、同じことが起こる。「政府に頼ってはいけないとわかったから自力でサバイバルを果たさないと」などと思う企業や個人はごくごく少数で、残りは、「何をやってもダメなのか」と、虚しさとあきらめが今以上に充満するだろう。

あきらめというのは恐ろしい。わたしがホストを務める「カンブリア宮殿」という経済番組に、ある大手スポーツ用品チェーン店の経営者が出演したとき、スキー人口が大幅に減っているという事実をはじめて知った。スキー用品の売り上げは年々減少し、今ではスノーボードが登場する以前の水準よりも落ち込んでいて、スキー場や宿泊施設の廃業も増えているらしい。主たる原因は、若者にあるという。スキーをやる若者が激減しているのだ。若者はなぜスキーをしなくなったのか。おそらくその答えは、若者がなぜ車に乗らなくなったかとパラレルだと思う。ジョギングなどに比べるとわかりやすいが、スキーは金がかかる。板や靴などギアも高価だし、スキー場まで行かなければならないし、泊まるのも、リフト券も決して安くはない。

不安定な雇用と上がらない給与、長い経済の停滞が続くうちに、若者に「あきらめ」が生まれたのではな

Sent:
Friday,
March 08,
2013
6:14 PM

11

いか。何も変わらない、将来が今よりもよくなるとはとても思えない、という状態があまりに長く続いているので、ごく少数の、特別な才能や能力がある者を別にすると、停滞感、閉塞感、徒労感などが心身深く刷り込まれてしまったのではないだろうか。誤解されると困るが、わたしはそういった状況を嘆いているわけでもないし、檄を飛ばしたいわけでもないし、哀れんでいるわけでもない。事実ではないかと思っていることを、単に述べているだけだ。

Sent:

Friday,

March 08,

2013

6:14 PM

127

11

Sent: Monday, April 08, 2013 4:08 PM

対立に慣れていないと
ケンカに負ける

12

この原稿を書いているのは、4月初旬だが、北朝鮮がミサイル発射の準備をしているらしいということで、某ラジオ局の報道部にいるわたしの友人は、「目標はグアムだという見方もあるようです」と、大騒ぎしていた。はっきりとした情報がないので、おそらくすべては推測の域を出ないのだろうが、北朝鮮が核ミサイルでグアムを攻撃すれば、アメリカは必ず報復する。周辺国への影響が大きいので核兵器を使うかどうかは不明だが、空母を派遣して平壌に爆撃を加え、焼け野原にするのはそれほどむずかしいことではない。核を使う場合は、原子力潜水艦から核ミサイルを数発撃つだけで済む。北朝鮮はほぼ壊滅状態になるだろう。

そうなると北朝鮮はほぼ無政府状態になり、難民の大群が国境に殺到する。その時点では、すでに北朝鮮のロケット攻撃によってソウルも火の海になっているだろうから、難民と化した大群衆は北の国境、つまり

Sent:
Monday,
April 08,
2013
4:08 PM

中国東北部を目指すだろう。吉林省には朝鮮族の自治州もある。数百万単位の難民は、国家経済を脅かす。中国は、これまでの北朝鮮との関係上、軍を配備して難民を排除することはできないと思われる。いずれ難民を受け入れざるを得なくなり、その一帯では民族のバランスが崩れ、治安維持に莫大な出費を迫られることになる。

中国がそんな事態を望むわけがない。食料や燃料の援助を通じて、中国は北朝鮮に大きな影響力を持っている。いや、北朝鮮に影響力を行使できるのは、今のところアジアでも世界でも、中国だけだ。中国が止めろと言っていることを、北朝鮮が実行するのはいろいろな意味で自殺行為だ。だから、北朝鮮の指導部が完全に理性を失って自暴自棄にならない限り、核ミサイルによるグアムの攻撃はあり得ないということになる。

Sent:
Monday,
April 08,
2013
4:08 PM

*

わたしは、軍事の専門家でもないし、北朝鮮を取り巻く軍事情勢について分析し、解説しようと考えているわけではない。すべての国家は、何らかの利益を求めて軍事行動を行なうわけで、グアムを攻撃することで北朝鮮が得られる利益はまったくない、ということを指摘したいだけだ。常識的に考えれば、高校生でもわかることだと思うのだが、某ラジオ局の報道部の要職にある友人は、「グアムが核攻撃されたときのことをシミュレーションしていました」と真顔で言った。

もちろん、グアムが北朝鮮の核ミサイルで攻撃される可能性がまったくないわけではない。それは、北朝鮮の指導者と指導部が、理性を失うというか、明らかに発狂してしまった場合だ。ただし、発狂している人

対立に
慣れていないと
ケンカに負ける

とはコミュニケーションがとれない、つまり交渉ができないので、その場合には、核攻撃を止めるいかなる手段もないということになる。したがって、結論としては、北朝鮮のプライドが満たされるようにある程度真剣に受け止めたふりをして、つまり「大騒ぎするふりを」してやって、基本的には静観するということになるのだが、わたしの友人は慌てふためいていて、静観なんかできませんよ、とずっと興奮したままだった。

彼が大騒ぎするのは、北朝鮮がミサイルを日本海側に移動させ、どうやら発射準備をはじめそうだという情報によるものだった。要するに、敵はすでに拳を振り上げて殴りかかろうとしている、そういうことだ。

わたしたちの社会においては、幼児期から「対立は悪」と教える傾向がある。意見の対立、利害の対立はそもそもその存在自体が悪だという考え方だ。幼稚園や、保育所でも、「みんなと仲良くしなさい」と教えられる。その教えが間違っていると言いたいわけではない。だがたとえ幼児でも、意見や考え方、それに利害が対立することが皆無なわけではない。ひとつしかないお菓子をすきなA子ちゃんにあげようとしたらB君が取っちゃった、みたいな場合でも、そこにはちゃんとした利害の対立がある。「ケンカしたらだめよ、仲良くしましょうね」という原則論だけでは、幼児は対立という概念と、解決の方法を学ぶことができない。

また日本では、たとえばプロスポーツの世界でも、選手が監督を批判したりすることは「タブー」とされている。選手は、一丸となって、気持ちをひとつにして、闘わなければならず、選手相互の批判や、監督への批判は、基本的に許されない。さらに、日本の一般的な会社では、上司が決定した方針に、部下が異議を唱えることが許されない。さらに、そういった場合、上司が単独で責任をもって決定したというより、合議制で決められることが多い。「わたしが決めた」ではなく「みんなで決めた」というほうが丸く収まる。そして、決めたのが「個人」ではなく「みんな」なので、トラブルが起きたり、プロジェクトが失敗したときに責任が曖昧になる。

＊

対立は、よいことではないが、あってはならないことではない。意見や価値観、それに利害の対立があるのは面倒ではあるが、一般的で普遍的なこと、という認識が足りないと、実際に対立が激化したときに、それに気づき、ソリューションを考えるのがむずかしくなる。

国家間には必ず利害の対立がある。日本は、他のありとあらゆる国家と「対立」している。中国や北朝鮮、それに韓国とはもちろんのこと、「軍事同盟」を結んでいるアメリカとも、数え切れないほどの対立点がある。TPP（環太平洋パートナーシップ協定）を見ても、明らかだ。

対立するのが当然という考え方だったら、最初からソリューションと交渉を準備しなければならない。だが、対立はタブーという考え方だったら、対立しない方策を考えることになる。しかし、現実として、対立は個人から国家までありとあらゆるレベルで生じるから、本当は幼児期から、対立というのは当然のこととして存在すると教え、その解決のためには何が必要かを教えなければならない。

対立を回避するためのツールとして、わたしたち日本人は、洗練された「敬語」を持っている。だが、いったん対立が生じたときの解決のためのツールは、とても少ない。まず考えられるのは謝罪の言葉だが、謝罪は対立の解決のツールのひとつに過ぎないし、ツールとしてはとても弱い。「あなたがそうまで言うのなら全部水に流しましょう」というような対立より、「謝って済む問題じゃないだろう?」という対立のほうが圧倒的に多いのだ。

もし日本が、将来的に何らかの理由でアメリカと対立したとき、全面的譲歩と戦争以外に、何か解決策を考えられるのかどうか、わたしは不安だ。

Sent:

Monday,

April 08,

2013

4:08 PM

137

12

Sent: Thursday, May 02, 2013 6:03 PM

ブラック企業 vs「金の卵」

13

この原稿は、新宿西口中央公園のそばの定宿で書いている。公園は新緑にあふれて美しいが、葉陰からは、ホームレスの青いビニールシートが見える。今小雨が降っているが、テントの中は濡れないのだろうか。テントがなく、段ボールで屋根と壁を造って暮らしているホームレスもいるが、段ボールが濡れたらどうするのだろうと思う。中央公園に限らず、ホームレスの人々はすでに日常的な光景の一部になった。ただ、わたしが小さいころ、つまり高度成長時代、今とは比較にならないほど日本全体が貧しかったが、ホームレスという言葉もなかったし、公園でビニールシートや段ボールで暮らすような人々はいなかった。ルンペンと呼ばれる浮浪者や、物乞いをする人々、それに繁華街でアコーディオンを弾きながら金銭を無心する傷痍軍人はいたが、今のようなホームレスはいなかった。

統計がないのではっきりしたことはわからないが、

Sent:
Thursday,
May 02,
2013
6:03 PM

13

たとえば外国人のホームレスというのは存在するのだろうか。彼らは、合法非合法を問わず、たいてい出稼ぎに来ていて、共通して母国は非常に貧しい。単に貧しいだけではなく、治安が悪かったり、貧富の差が極端だったり、公務員をはじめとして汚職が横行していたり、社会は不安定で、非公正だ。だが、どこかの公園にたとえばミャンマー人のホームレスがいるとか、そんな話は聞かない。イラン人やコロンビア人が地下通路の段ボールに寝ている姿を見たこともない。

数年前、ミャンマー人のグループが軍事政権に抗議し、当時自宅に監禁されていたアウン・サン・スー・チー女史の解放を要求しているドキュメンタリーをテレビで見たことがある。彼らは、都内の2DKのアパートを借り、そこに10人近くが暮らしていた。同じようなアパートが他にもあるらしかった。来日したばかりで住むところがないとか、外国人なのでアパートを借りられないとか、そういった同胞のために共同で部屋を確保していた。要するに、「助け合って」いたのだ。

『55歳からのハローライフ』という中高年の物語を書くときに、ホームレスに関する資料を読んだ。ホームレスへの直接の取材はまず不可能だ。のこのこ訪ねて行って「話を聞かせてください」というわけにもいかない。彼らに辛抱強く寄り添い信用を得て、たんねんに書かれた素晴らしいルポがいくつかあって、それを読んだ。ホームレスに転落する人々は当然さまざまな過去を持っているが、ほぼ共通していたのは、借金と、それに家庭の崩壊、家族の喪失だった。借金があって住居を追われ、家族や友人など「助け合う」関係が失われると、人はあっという間にホームレスに転落する。だらしないとか怠け者であるとか、人づきあいが苦手とか、そんなことはほとんど関係がない。恐ろしいことに、借金と孤独、それだけで、人は実に簡単にホームレスとなる。

＊

「名古屋に妹がいるが結婚して子どももいるので転がり込むわけにはいかない」
「両親は健在だが、こんな姿を見せるわけにはいかない」
「妻とケンカして家を飛び出したが、恥ずかしくて戻れない」
　ホームレスたちは、そんなことを言っていた。頼るべき縁者がまったくいないというのはごく少数らしい。ただし、ホームレスに関しては公式な統計が非常に少ないので、家を失った経緯や現状については資料を読んだわたしの「印象」にとどまる。だが、もしミャンマー人のコミュニティのような「助け合う居場所」があったら、彼らは公園や地下通路で暮らすことはなかったかも知れない。

　わたしが子どものころは、まだ大家族制の名残りがあった。両親が教師だったので、わたしは祖父母に面倒を見てもらいながら育った。祖父母の家には、戦争未亡人の叔母と、まだ未婚の若い叔父が同居していた。佐世保市内の高台にあった家はそれほど大きいわけではなく、台所と茶の間と座敷、それに四畳半の部屋がひとつと三畳間が二間あるだけの平凡な日本家屋だった。叔母と叔父は、その三畳間を自分の部屋にしていたし、結婚したてのわたしの両親は、市郊外に新居を建てるまで、祖父母の家の座敷の一画に住んでいた。

　四畳半の部屋はずっと空いていた。わたしのおぼろげな記憶によると、祖母は、沖縄で戦死した次男がいつか戻ってくると固く信じていて、その四畳半の部屋をずっと空けていたらしい。だが、もし誰か親類縁者が住むところをなくしたら、おそらく祖母はその四畳半を提供したはずだ。誰々さんの息子がやっと復員してきて住むところもないので部屋を貸した、みたいな話がよく井戸端会議で語られていた。まだ高度成長前の貧しい時代だったが、わたしたちの親や祖父母たちの世代は、「助け合って」生きていたのだ。

だが、その世代が、今と比べて単純に「優しかった」というわけでもないと思う。地方の平凡な日本家屋にも、誰かが転がり込めるような空き部屋・スペースがあった。今のような、たとえば家族四人が暮らす3LDKのマンションだったら、たとえ親兄弟でも、転がり込むのはいろいろな意味でむずかしい。地方の労働力を都市部に移動・集中させるという産業の要請で生まれた核家族のアパートやマンションには、空き部屋・スペースはないのだ。

*

　かつての日本社会には「助け合う」「互助」の精神が充ちていて、今はそれがなくなってしまった、というわけではない気がする。たとえば今話題となっているブラック企業のような悪質な会社は、昔はなかった。社員を必要以上に採用し、使えないと判断した余剰人員に対しては想像もできないような残酷な方法で辞職に追い込むらしい。「お前は人間のくずだ」と罵るとか、そんな平凡なことだけではない。一日中、中学生の漢字の書き取りをさせたり、余剰と判断された社員には灰色のジャージの着用を強制したり、根性教育と称して駅前でナンパさせたり、これでもかというやり方で、人格を崩壊させ、辞表を書かせるのだそうだ。さすがに、高度成長時にはそんな企業はなかった。

だが、ブラック企業は、日本社会から「助け合いの精神」が消えたために、忽然と出現したわけではないと思う。製造業、非製造業ともに、ロボット化、IT化が進み、高度な専門技術・知識を持たない労働者があふれかえり、しかも正社員への憧れが強いために、経営側からすると、「いくらでも代わりは補充できる」という状況が生まれた。高度成長期には労働力が不足していたので、中卒でさえ「金の卵」と呼ばれて重要視された。ブラック企業は、もちろん許されないことをやっていて、しかも生産性などにもまったく寄与していないが、日本の労働市場、雇用環境の変化に対応する形で、必然的に現われたのである。

Sent:

Thursday,

May 02,

2013

6:03 PM

149

13

Sent: Wednesday, June 12, 2013 1:19 AM

父の葬儀の夜に

14

　アルベール・カミュの『異邦人』という小説は、「今日、ママンが死んだ」という書き出しではじまる。わたしもその小説にならって、「先週、父が死んだ」と書きはじめなければいけないのかも知れない。6月の最初の週末、わたしの父が心不全で息を引き取った。一昨年、やはり心不全で肺に水が溜まり、呼吸困難で倒れ、集中治療室で一命を取り留めたが、完治はしていなかったので、以来いやな予感が続いていた。わたしは、84歳の母と毎日メールのやりとりをしているが、今年になって、父がしだいに弱っていくのがわかった。だから、覚悟はしていたのだが、実際に死の知らせを聞いたときは、やはり混乱した。

　今、通夜と告別式を終えたばかりで、この原稿を書いている。これまでいっさい、エッセイで、自身のプライバシーや、家族のことは書いてこなかった。だが、さすがに他のことを書く気になれない。88歳という

Sent:
Wednesday,
June 12,
2013
1:19 AM

14

高齢だったし、ある程度覚悟はしていた。それに、まさに眠るように、突然に息を引き取ったわけで、まったく苦しむことはなかったはずだと医師から聞き、大往生だなと思えたのだが、さすがに喪失感にとらわれた。

慌ただしく帰郷し、通夜と葬儀を終えて、今後のことを親族で話し合い、決定したあと、仕事が山積みの東京に最終便の飛行機で戻ってきて、いつもの定宿に入った。シャワーを浴び、短い原稿を書いたが、そのあと寝るまで何をすればいいのか、わからなかった。誰かにそばにいてほしいという気持ちと、誰にも会いたくないという気持ちが交錯したが、友人に電話するのが死ぬほどおっくうで、結局、他人と会話することなどできないと気づき、一人でウイスキーを飲んだ。

何だかんだ言って大したものだと父のことを思った。亡くなる直前まで、自分で車を運転して買い物などに行っていた。亡くなった当日も、朝食と昼食はちゃんと食べた。杖もつかず、自力で行動し、絵を描き続けた。わたしは、ときどきアマゾンで肉や野菜や鰻の蒲焼きなどを買って送っていたが、両親とも教師だったので、二人合わせると年金はかなりの額になり、経済的な依存もゼロだった。亡くなるまで、介護も受けず、誰の世話にもならず、誰にも迷惑をかけなかった。

酔ううちに反芻するように父のことを思い出すはずだと考えたのだが、不思議に何も浮かんでこなかった。思い出がないわけではない。無自覚のうちに、感傷的になるのを拒んでいたのだろう。こんなときに思い出をなぞっても意味がない。どういうわけか、わたしは理性ではなく、皮膚感覚でそう決めていたようだ。だが、他にすることが何も思い浮かばない。音楽を聞く気にもなれないし、テレビなど見たくもないし、誰かに電話するなど論外だった。要するに、ウイスキーを飲み続ける以外、何もできなかったのだ。このまま睡眠薬を飲んで寝てしまおうかと思ったが、それも何か違う気がした。

かなり長い間、窓際に立って雨に濡れた道路を眺めたりしていたが、まったく何もしたくない時間というのを経験するのは生まれてはじめてかもしれないなと思ったりした。現実から切り離されてしまった気がして、この感覚は悪くないが、このままではいくらウイスキーを飲んでも眠れそうにない。わたしは、ひょっとしたらやりたいことがあるかも知れないと、部屋の中を見回した。定宿なので、かなり大量の荷物を預かってもらっていて、それらはスーツケースや収納ボックスの中に入っている。収納ボックスは三つあって、その中のひとつには、膨大な量のDVDが入っている。

だが、新作だろうが、懐かしの名画だろうが、映画など見る気になれない。しかし本当に何をすればいいんだと思いながら、DVDの束を掻き分け、あることに気づいた。自分なりの供養として、昔父といっしょに見た映画を見てみるのはどうだろうと思ったのだ。わたしが小学生のころ、たまに、父といっしょに映画を見た。母と父と三人で見ることも多かったが、何本か、父と二人で見た映画があった。はっきりと覚えているのはロベール・アンリコ監督の代表作でアラン・ドロンとリノ・ヴァンチュラが共演した『冒険者たち』と、ジッロ・ポンテコルヴォというイタリア人監督が撮ったドキュメンタリー・タッチの傑作『アルジェの戦い』だった。

　ジッロ・ポンテコルヴォはユダヤ系イタリア人で、ロッセリーニなどイタリアン・ネオリアリズムの影響を受けている。『アルジェの戦い』は、アマチュアの俳優を使い、まるでニュースフィルムのような迫真的な映像を作り出すことに成功し、アカデミー賞監督賞と脚色賞にもノミネートされ、66年のヴェネツィア映画祭で金獅子賞を獲得した。傑作中の傑作だ。

アリという、精悍な風貌を持つ若者が主人公で、彼は字も読めない無学なチンピラだったが、やがて独立闘争の闘士となる。アルジェの、迷路のようなカスバを拠点とする独立闘争組織は、当初次々にテロを成功させ、フランスの警察を震え上がらせる。だが、やがてフランス政府は悪名高い空挺部隊を投入し、拷問を含む徹底した弾圧を行ない、指導者も逮捕される。逮捕された指導者が、護送される車の中で、「まだアリがいる」とフランス将校につぶやくシーンは秀逸で忘れがたい。最後に、アリも隠れ家を突きとめられ、爆死するのだが、そのあとで、本物のニュースフィルムが流れ、民衆が立ち上がってアルジェリアが独立したことが示される。

見終わったころにはわたしはかなり酔った。しかし、どうしてこんな映画を父は小学生のわたしを連れて見に行ったりしたのだろうと改めてそう思った。最初、映画館で見たときは、拷問や処刑のシーンが恐かっただけで、ストーリーがよくわからなかった。だが、強烈な映画だということは脳裡に刻まれて、そのあとテレビで見て、DVDを買ったあとは何度も繰り返し見た。日本政府に対し異様に腹が立ったときや、わけのわからない社会的怒りに駆られたときなどに無性に見たくなるのだ。

『アルジェの戦い』を見終わって、ウイスキーでだいぶ麻痺した頭で、父のことを少しだけ思い出した。高校のころ、バリケード封鎖をして警察に逮捕された。そのあたりのことは、『69』という小説に書いた。高校から処分が言い渡されるという朝、父は、わたしに言った。

「おどおどするなよ。校長から目をそらすな。お前は、殺人を犯したわけでもないし、かっぱらいをしたわけでもない。堂々と処分を受けてこい。『アルジェの戦い』の、アリを思い出せ」

　そして、ベッドに入るとき、息子が退学になるかも知れないというときにそんなことを言う父親はあまりいないんだろうなと、そう思った。

Sent:

Wednesday,

June 12,

2013

1:19 AM

159

14

Sent: Tuesday, July 09, 2013 5:40 PM

4周遅れで置き去りに

15

エジプトでは、選挙で選ばれた大統領が弾劾され、ついに軍部が乗り出して半ばクーデターのような形で、辞任させられた。またブラジルでは、バス料金の値上げに端を発して政府批判が強まり、大規模なデモが起こった。反政府デモは、公共サービスや貧困対策の拡大、政治腐敗の根絶などに加えて、五輪誘致の停止を要求していた。日本のメディアの報道だと、エジプトもブラジルも「大規模なデモが起こって大変なことになっている」という側面しか見えない。

エジプトとブラジルでは反政府運動の性格が違うが、共通しているのは「もうこの政府には我慢できないから街頭に出てその意思を示す」という人々が大勢いるということだ。エジプトの場合は、ムバラク時代に弾圧されてきたイスラム同胞団出身の大統領が、ややイスラム化を急ぎすぎたのがリベラル派の民衆の怒りを買ったというのが大方の見方だが、ブラジルは、もう少し複雑だ。大統領であるジルマ・ルセフは、リベラル左派というよりも、筋金入りの左翼らしい。左翼であるにもかかわらず、前任のダシルバと同じく、どちらかというと自由主義的な経済政策をとって、まずブラジルの経済を立て直した。

ジルマ・ルセフも、同じような市場経済を目指したが、リーマン・ショック以後、市場経済そのものが危うくなっていて、貧富の差が大きくなり、とくに社会保障などを含め公共サービスが低下して、ついに民衆の怒りが爆発した、というような構図になっている。だが、ジルマ・ルセフはもともと左翼なので、うがった見方かも知れないが、大規模デモによって、市場経済から国家中心の経済へとシフトしやすくなった。いずれにしろ、「よその国は大規模なデモなんか起こって大変だな。日本はそんな大規模なデモもないし、平和でいい国だな」という単純なものではない。

「デモは本来不穏なものであり、その国の不安定さを示す」だけではないと思う。ただし、誤解しないで欲しいが、政治や経済に不満を持つ日本の若者はデモをすべきだとか、そんなことを考えているわけではない。だが、今の日本は、若者から老人まで、どの層がデモをしてもおかしくない状況にあることもまた確かだ。正社員になれる若者はごく限られていて、賃金はほとんど上がらず、生活保護世帯よりも低い年収で暮らす人が大勢いる。大多数の老人は、近い将来、年金や医療や介護などの社会保障システムが破綻するのではという不安を持っている。財政が火の車だし、既得権益層は守られたままだし、政府には頼れないとほとんどの人がそう思っているはずだ。

　だが、若者や老人の大規模なデモは起きない。反原発のデモが一時期話題になり、今も続いているようだが、海外のメディアがそろって取材に来るような、そんな示威行動は起こらない。

*

　わたしはこの連載エッセイがはじまってから、終始一貫して政府や権力、それに大手既成メディアなどを批判してきた。最近、どういうわけか、批判する気力のようなものが失せてきた。何を言っても何も変わらないと、ややニヒリスティックになっているのも確かだが、どうもそれだけではない気がする。状況が、ねじれにねじれていて、誰を、どんな論点で批判すればいいのか、考えるのが簡単ではなくなった。

　たとえば、「アベノミクス」という経済政策がある。「異次元の金融緩和」というのがそのファーストステップだった。ちょうど円安傾向がはじまり、日本の株式に割安感が出はじめた時期と重なったこともあって、メディアを含め、「大いなる期待」があっという間に醸成された。だが、素人考えでも「お金をばかみたいにいっぱい刷っただけで経済が活性化するなんて何か変だ」と思う。大多数の日本人はそれほどバカではなくなっているので、「何か変だ」と疑っている人がほとんどではないだろうか。でも、経済が停滞し出口が見えない暗い時代があまりに長く続いたので、多くの人が疑いを持ちつつ、「ひょっとしたら」と期待を持ってしまった。

アメリカの中央銀行であるFRBは、リーマン・ショック後の金融市場を救うため、だいぶ前から「異次元の金融緩和」をやっている。大量のドルを刷ることで金融や不動産市場が崩壊するのを防ぐ、というのがその名目だった。株式や不動産がだいぶ持ち直してきたという判断で、FRB議長は、「そろそろ総量緩和を弱めるときなのかも知れない」みたいなニュアンスの発言をしてしまって、その後株式市場が暴落した。

おそらく日本でも同じことが起こるだろう。日本銀行総裁が、「だいぶ経済が持ち直してきたので金融緩和を少し和らげるかも知れない」と発言した瞬間に、おそらく株や不動産は急落する。そもそも金融や不動産市場を活性化させ、結果的に緩やかなインフレが訪れ、設備投資や消費などの内需が復活し、企業の業績も改善し、賃金も上がって、という好循環を生むのが「アベノミクス」だった。皮肉というか、当然というか、好循環が起こりそうだと判断して、異常な金融緩和を弱めてもいいかも知れないと発表したとたんに、経済の活性化が頓挫するのである。

＊

わたしが、政府や大手既成メディアの批判に消極的になったのには、別の理由もある。まだうまく考えがまとまっていないのだが、世界が非常に複雑になってしまった。IT、インターネットなどの飛躍的な進歩、加えて冷戦が終わり市場経済が国家をしのぐようになり、カネとモノとヒトが国境を越えて移動するようになった。今何が変化しているのか、何が起こっているのか、これからどうなるのか、誰も正確にはつかんでいないように見える。

第1次、第2次産業革命を超えるような大変化が訪れている。だが、日本の政府も大手既成メディアも、戦後の高度成長のパラダイムにいまだ縛られていて、周回遅れどころか、3周も、4周も遅れてしまっていて、わけがわからなくなっている。大きな変化に対して、たいていの人が不安や不満を覚えるものだ。大変化の正体がはっきりしないので、さらに不安になる。世界中に吹き荒れている示威行動の嵐は、取り残されるのではないかと思っている人たちが、状況を変えようとしてとりあえず街頭に出るという側面があるような気がする。

今世界で何が起こっているのか、はっきりとはわからない。だが、少なくとも、東京でオリンピックを開催すれば、国全体が活性化し、すべてがうまくいくようなことは絶対にない。「五輪なんか金の無駄遣いなので止めろ」と叫んでいたブラジルのデモ隊は、やけくそのようにも見えたが、案外彼らは賢いのかも知れない。

Sent:

Tuesday,

July 09,

2013

5:40 PM

169

15

Sent: Tuesday, August 13, 2013 4:45 PM

わたしも
ワーカホリックだった

16

西新宿にある定宿のホテル周辺にはホームレスが多い。この猛暑なので、きっと大変だろう。たいていは木陰やビルの谷間で昼間から寝ているが、中にはブツブツ文句を言ったり、突然叫び出す人も見かける。苛立っているのだろう。子どものころ、近所によく怒り出すじいさんがいたなと最近よく思い出す。あのじいさんも、きっと苛立っていたんだろうと思う。わたしも、最近、苛立つことが多い。わけもなく苛々してしまう。体力が落ちていて、そのことにいまだ納得できていないというか、対応できていないようだ。

この暑さのせいもあるのだろうが、61歳になってもう無理がきかなくなった。毎年、または2年おきに行っている血液検査や内視鏡、CT、MRIなどの結果は、常に「異常なし」である。血圧が若干高めらしいが、運動は欠かさないので、とりあえずは平常値近くで落ちついている。原稿もちゃんと書くし、以前よりも量

Sent:
Tuesday,
August 13,
2013
4:45 PM

16

は減ったが、酒も飲んでいるし、TV番組の収録もこなしている。だが、昔とは体力と精神力が全然違う。年齢を考えると当然なのだが、まだ納得できていない。

今年の正月、家の者に、近所の神社に初詣でに行こうと誘われ、面倒くさいからいやだと言ったら、昔は1年の半分くらい海外に行ってたくせに車で10分の神社に行くのがいやなのか、とあきれられた。確かに数年前まで、よく海外に出かけていた。とくに80年代から90年代、キューバを知って映画を作っていたころ、それに中田英寿がイタリアにいたころは、もうバカみたいに旅行をした。しかし、今考えると、別に旅行が好きだったわけではなかったし、そのことをエッセイに書いた記憶もある。

「本当は出不精で、面倒くさいが、好きな音楽がそこにしかないのでキューバに行くし、日本ではセリエAのゲームが見られないのでイタリアに行くしかない」

みたいなことを書いた。面倒くさい、その言葉が、わたしを象徴している。あらゆることが面倒くさくなってしまい、続けているのはテニスや卓球、それに水泳など運動と、犬の散歩、あとは、秘密のこと、それに仕事、それだけで、あとは、まあ他にもいろいろやってはいるが、とにかく移動や旅行がいやになった。自分で車を運転して移動するのは苦にならないが、公共交通を利用しての移動がダメで、「カンブリア宮殿」のロケとか、よほどのことがない限りどこにも行かない。

ただし、小説の取材は必要なら必ず行く。おそらく多分にお金が関係している。小説は最大の収入源であり、またこれまでわたしの「資源」「資産」のほとんどすべてを生み出してきた。だから、そのための手間は惜しむわけにはいかない。それで、つい最近、知り合いのカウンセラーから、「龍さんはワーカホリックです」と言われて、愕然とした。仕事なんか嫌いで、生来の怠け者だと自分でそう思っていたからだ。だが、収入が絡んでいるとは言え、確かに小説のためだったら出不精でも取材に行くし、何だかんだ言って、小説を書いているときは、決して楽しいわけではないが、精神的に安定しているし、充実感や達成感がある。

　だがカウンセラーが言うのは、そういったことだけではなかった。以前より執筆のペースが落ちているけど理由がよくわからないし、そのことが不愉快、とわたしが訴えると、歳を取るとどんな仕事でもペースは落ちるのが普通で、そのことをなかなか受け入れられないというのがワーカホリックの特徴でもあるんです、そう言われた。ワーカホリックというのは、別に「仕事の鬼」とか「仕事をしていないと苛立つ」とか「仕事をしていると寝食を忘れる」とか、そういったタイプだけではないらしい。とくにわたしの場合、ずっと一人でやってきたので、ストレスを感じにくく、また比較できる他人が限られているので、「衰え」に対応するのが簡単ではないとも言われた。確かに、自分で仕事を選び、小説のモチーフを選び、いろいろな問題を考え、浮かび上がらせて、行動して解決し、さらにまたそのことからインプットされたものを整理して、次のプロジェクトに向かう、ということを繰り返し、そのことが当然のこととして刷り込まれていて、そのため自分がやらなければ他の誰かがやってくれるということが皆無で、すべてを自分が中心となって行なうことが当たり前になっている。

　また他人・環境からのストレスが少ない仕事ということが大きく影響して、これまで衰えをほとんど感じることなくやってくることができた。環境・人間関係から来るストレスが強い場合、30代、40代、50代と、段階的に、衰えが表面に現われやすいということだった。わたしの場合、そういったストレスがないので、20代から今まで、衰えを、勢いと、高いモチベーションと、充実感と達成感で補ってきたのだそうだ。確かに、50代後半になるまで、衰えは感じなかった。

それにたいていの人は、「同僚」がいて、比較できる。わたしの場合はそういった対象が極めて少ない。同年代で、同じようなやり方で仕事をして、だいたい同じような影響力と経済力を持つ、そんな「同僚」がいて、同じように「疲れやすくなった」とか訴えているのを知ると、気分の持ち方がだいぶ違うのだという。そんな「同僚」は、坂本龍一と、幻冬舎の見城徹くらいしか思い浮かばない。そう言えば、坂本から「もう世界ツアーがしだいに辛くなってきた。旅行が大嫌いだと再認識している」などと聞かされると、坂本もそうなのかと、納得する。

＊

　話題は変わるが、アマゾンのCEOであるジェフ・ベソスが、自らが持つファンド、つまり自分のポケットマネーで「ワシントンポスト」を買収した。ベソス氏とは、「カンブリア宮殿」で対談したので、親近感もあり、やるなあと感心した。ベソス氏は、おそらくジャーナリズムのサバイバルを模索するために、あのウォーターゲート事件をスクープした名門紙をとりあえず手中に収めたのだと思う。それより、わたしが注目したのはその買収額だった。2億5000万ドル、だいたい250億円だ。確かに大金だが、他の大型買収に比べると桁が違う。AOLがタイムワーナーを買収したが、金額は18兆2000億円だった。巨額なM&Aや買収が目立つのは製薬業界だが、バイアグラの歴史的ヒットで巨額の資金を得たファイザーが際立ってい

Sent: Tuesday, August 13, 2013 4:45 PM

る。医薬品の他にガムやミント、ひげそりなど消費財も手がけるワーナーランバート社を約9兆円で、ワイスを約7兆円で、製薬・ライフサイエンス企業であるスウェーデンのファルマシアを約6兆円で買収している。ちなみに、話題になったソフトバンクによるボーダフォン買収額は2兆7500億円だった。業態が違うといえばそれまでだが、比べると、「ワシントンポスト」の250億円は、いかにも安い。ジェフ・ベソスが日本中のメジャー出版社を買収してしまえば、電子書籍化の波は一気に広まるのだろうか。とても興味深い。

Sent:

Tuesday,

August 13,

2013

4:45 PM

181

16

Sent: Monday, September 09, 2013 9:13 PM

世の中は敗者であふれかえる

17

2020年のオリンピック開催地が東京に決まった。わたしは、福島第一原発の汚染水問題で、東京は選ばれないと思っていたので、意外だった。基本的に、オリンピックが東京で行なわれることには、あまり興味がない。だいいちわたしは神奈川県民であり、オリンピックは国ではなく、都市が開催主体だから、関係がない。昔は、もっと大らかだった気がする。1964年開催の東京オリンピックのとき、わたしは中学生だった。当時は東京と地方の距離が物理的にも心理的にも今よりはるかに遠かったし、東京開催が決まったときはまだ幼く、マスメディアも未発達だったせいか、感慨はなかった。そもそもいつ東京に決まったのかも、覚えていない。

長野で行なわれた冬季オリンピックのときは、すでに作家になっていて、清水のスピードスケートなど、かなり無邪気に楽しんだ。ちょうどそのころ、大々的

Sent:
Monday,
September 09,
2013
9:13 PM

17

に歯の治療をしていて、清水の500メートル決勝に間に合わなかったらどうしようと、焦ったのをよく覚えている。その前の札幌の冬季オリンピックは、ジャンプで金銀銅を日本選手が独占したこと以外はほとんど覚えていない。

おそらくわたしが歳を取って、ひねくれてきたというのも理由として大きいのだろうが、今回の東京招致は、大騒ぎするメディアに対しずっと違和感を持っていた。2020年に東京でオリンピックが開催されるかどうか、どちらでもよかった。開催されることになっても、そうなのか、と思うだけだろうし、招致に失敗しても、ダメだったのか、と思うだけだろうと、ずっとそう感じていた。招致に反対でもなかったし、賛成でもなかった。本当にどっちでもよかった。

ただ、今さらこんなことを言ってもしょうがないが、東京ではなく、「仙台オリンピック」だったら、賛同し、いろいろな方法で応援もしたと思う。現実的には2020年は無理で、もっと先の招致になるのかも知れないが、大震災からの復興を謳うのだったら、東京ではなく東北、つまり仙台でやるべきだ。地方の時代、地方の自立と活性化、政府は偉そうなことを言うくせに、なぜ東京だったのだろうか。地方は、何だかんだ言っても結局東京が中心なのだと思うだろう。

Sent: Monday, September 09, 2013 9:13 PM

*

しかし、考えてみたら不思議だ。わたしは、東京開催が決まったとき、「まあ、これはこれでよかったのかも知れない」と白けた感じで、そう思った。なぜだろうと考えて、あまりに世相が暗いからだとわかった。今後、たとえ「アベノミクス」が功を奏してデフレから脱却できたとしても、その恩恵がすべての国民に等しく行き渡ることなどないし、国民の各階層間の格差はさらに大きくなっていき、母子家庭などを中心に貧困層は増えていく。

政府が何とかしようとしても、財政政策も金融政策も、もうできることが限られている。国庫に充分な資金がないどころか、破綻して、円が暴落する可能性さえある。大量の国債を保有している民間銀行だが、何らかの理由で金利が上がりはじめたら、いっせいに売りに走るかも知れない。お国のために、たとえ潰れても国債を手放さない銀行など、おそらく存在しない。マクロ的には、そういった危うい綱渡りのような状態が続いていて、ミクロ的には、今後、今よりももっと個人や企業の優劣がはっきりして、世の中は敗者であふれかえるだろう。

このエッセイで何度も触れているように、今、20代後半の若者が安定した収入を確保するのは極めてむずかしい。安定した企業そのものが少ないし、正社員として成功企業に就職するのも簡単ではないし、専門性が高い技術、スキル、資格がない場合、つまり誰でもできるような仕事しかできない場合、東アジアの労働者と競争する形で、低賃金に耐えるしかない。貧困層を支援するセイフティネットは、財政難のためにまったく整備されていないし、社会保障費は将来的にさらに削られていく。

Sent: Monday, September 09, 2013 9:13 PM

*

どこに希望を見出せばいいのだろうか。わたしがインタビュアーをつとめるTV番組「カンブリア宮殿」に登場するような優良企業は、本当にごくわずかで、勢いのあるITの世界にしても、すでにはっきりと、低賃金で単純なプログラミングを請け負うような大多

17

数の技術者と、クリエイティブな能力を駆使する少数のスペシャリストという区分が確立してしまっている。モチベーションのある子どもや若者が、高度なスキルを身につけられるようなトレーニング施設もない。体力のある企業が激減しているので、入社後に適切で充分な研修を受けられる社員は非常に少ない。多くの企業はすでにスキルを持つ人材を中途採用し、実務のトレーニングを受けていない大多数の新卒者は、経験も技術も知識も得られないまま、単に歳を取っていく。

しかもそういった事実は、大手メディアによって隠蔽されている。だが大手メディアにしても、悪意があって隠蔽しているわけではない。現実を伝えるパラダイムを未だ持っていないのだ。だから、考えようによっては、かつての独裁政権下のメディアのように恣意的に事実を隠蔽するよりやっかいだ。独裁者に弾圧されているメディアは、独裁者が倒れれば自由を手に入れることができる。だが、日本の大手メディアが高度成長時のパラダイムから抜け出すことは非常にむずかしい。具体的には、政府の政策による利害が国民の階層間で違っていることへの言及ができない。来年の消費税増税が話題になっているが、基本的に富裕層は消費税の値上げで困ることはない。逆に年金生活者や貧困層は直接的に打撃を受ける。富裕層は、所得税や相続税を上げるくらいなら、消費税を上げてほしいと思っているはずだ。だが、メディアは、国民の間に利害的対立があることを率直に伝えることができない。国民に一体感を醸成する「情報の伝え方」しか知らない。ある特定の階層から苦情が来ることに耐えられない。わかりやすいキャッチだから例に挙げるが、「みなさまのNHK」なのだ。

東京開催が決まった日、わたしは西新宿の定宿に泊まっていた。都庁前の広場では、「THANK YOU」という人文字ができていた。いったい誰に感謝しているのかわからなくて、気持ち悪さもあったが、とりあえずはこれでよかったのではないかと、ため息とともにそう思った。都庁の反対側には西口中央公園があり青のビニールシートが点々と目につく。たくさんのホームレスが住んでいるのだ。あのホームレスたちが、道路を横断して都庁前に集まり、人文字に加わることは絶対にないだろうと、そういったことも頭をよぎった。

オリンピックの東京開催で、はっきりとした利益を得るのは、大手メディア、広告関連会社、スポーツの競技団体、そして一部の観光業だ。他には実質的な利益はない。1964年の東京オリンピックは、高度成長の象徴となった。2020年、何を象徴するオリンピックになるのだろうか。

Sent:

Monday,

September 09,

2013

9:13 PM

191

17

Sent: Wednesday, September 11, 2013 3:35 PM

賢者は幸福ではなく信頼を選ぶ。

特別エッセイ

以下は、英国「Guardian紙」に寄稿したエッセイである。イギリスで、英語版の『半島を出よ』(英語版のタイトルは "From the Fatherland, With Love")が出版され、版元経由で同紙から依頼を受け、ちょうど北朝鮮のミサイルが発射されるかも知れないという時期に書いた(2013年5月25日号に掲載)。『半島を出よ』を執筆したのは2004年から05年にかけてで、当時は、尖閣を巡る日中の緊張も目立たなかったし、「アラブの春」と呼ばれるわけのわからないイスラム国家の「近代化」もなく、今よりは、世界は安定しているように思えた。日本への脅威と言えば、やっかいでうっとうしい北朝鮮という前近代的な国家があるだけだった。あれから、まだ10年も経っていないのだが、世界は激動し続けている。

*

「不可視の王国・北朝鮮、そして日本」

"From the Fatherland, With Love"の執筆は、「姿が見えない国家・北朝鮮の人間たち」をいかに描写するかという、作家にとって、資料と想像力を駆使する一種の「闘い」だった。北朝鮮には入国できなかったので、ソウルに脱北者のコミュニティがあると聞き、十数人に取材した。わたしは脱北の経緯より、北朝鮮における人間たちの基本的な生活について聞いた。どんなものを食べ、どんな衣服を着て、どんな乗り物に乗り、どんな恋愛をして、何を最優先に生きてきたのか。生まれ故郷の街や村の簡単な地図を作ってもらい、自宅の間取りも描いてもらった。私のことを韓国情報部のスパイだと勘違いして回答を拒んだ脱北者もいた。

人生のパラダイムがまったく違うので、インタビューはひどく疲れた。北朝鮮には「出身成分」という歴然とした階級があり、意外にも、脱北者は最上層のエリートばかりだった。中間層や下層の人々は、情報遮断と飢えで、国を脱出する意思や力もないらしい。軍がほとんどすべての権力を握り、国家全体が軍隊と化していて、しかも命令・指揮系統は朝鮮労働党によってコントロールされている。軍と党は複雑に絡み合い、リーダーの金正日（当時）の私兵とも言うべき特殊部隊や秘密警察が至る所に配置されている。特殊部隊の訓練は想像を絶していて、飢えと寒さにどこまでも耐え、相手の腹部を突き刺せるほどに指先を鍛える。そんな特殊部隊の兵士が潜入してきて住民を人質にしたら「平和で豊かな日本」は、抵抗できないだろうと思いながら、"From the Fatherland, With Love"を書き続けた。

強く印象に残ったのは、平壌郊外の高射砲部隊にいたある女性兵士の告白だ。彼女は大切に財布に入れていた一枚の写真をわたしに見せた。幼児の写真だった。
「これは彼の1歳の誕生日で、その1年後、飢えで死んだ」32歳だという彼女は、息子が飢えで衰弱していく様子を詳しく語った。ありとあらゆる食料が尽き、最後には、松の木の樹皮を煮て食べさせたそうだ。樹皮をていねいに剝がし、石で叩いて、そのあと数回煮るのだと言った。腹はふくれるが、もちろん栄養価はゼロだ。一人息子が飢え死にしたあと、他に残った家族に食料を送るために、彼女は脱北した。

でも、彼女には夢があった。
「わたしはここソウルで保育士になるための勉強をしている。祖国が統一されたら、北に戻って保育所を開きたい。そして、死んだ息子の代わりに大勢の幼児を育てたい」

その夢が実現する可能性はおそらくない。そして、わたしたちは北朝鮮の人々の暮らしをほとんど知らない。彼らは、まるで19世紀前半のような、近代化以前の生活に耐えている。人々の暮らしも、軍の戦略も、そしてリーダーのビジョンも、闇の中にあって見えない。ミサイルで世界を恫喝しているのは、そのような「不可視の王国」なのである。

福岡に潜入した北朝鮮のコマンドが、ホテルで日本製のティッシュペーパーに触れるシーンがある。北朝鮮兵士にとって、柔らかなティッシュペーパーは未知のものだ。彼らは、その技術と、経済的豊かさに驚くが、こんな柔らかで快適なものに囲まれている日本人には決して負けないという自負を持つ。

北朝鮮のミサイルに全世界が注目したが、ターゲットが日本になるかも知れないという仮説は、決して荒唐無稽なものではなかった。グアムでも、ソウルでも、米韓の反撃を受け北朝鮮という国家は消滅する。だが、たとえば日本の無人島をターゲットにすれば、反撃のリスクはほとんどなく、かつミサイルの威力を示すことができる。日本政府もメディアも、そういった悪夢のような可能性には言及しなかった。だが歴史は、悪夢のような出来事によって形づくられてきた。北朝鮮のリーダーと軍がどんな戦略を持っているのか、相変わらず誰もわからない。いまだに日本は「不可視の王国」と対峙しているのである。

*

北朝鮮の脅威は消えていないが、世界は10年前よ

りはるかに不安定になり、あちこちで対立の火種がくすぶっている。その要因は、領土や権益やイデオロギー、当該国の内政問題だけではなく、宗教や文化や経済格差が含まれる。直近のトピックスは、アメリカによるシリアへの空爆だ。シリア政府が化学兵器を使ったとして、オバマ大統領は国連安保理の決議なしで空爆を行なおうとした。だが、その後、イギリス議会がアメリカとの協同軍事行動を否決し、突然オバマが議会の承認を得ようとして、迷走し、2013年9月11日現在、空爆は実行されていない。それに、シリア政府が本当に化学兵器を使ったのかどうか、まだ国連調査団の結論が出ていない。地政学的に遠いせいもあり、日本の大手メディアも国民も、シリアへの空爆にはほとんど関心を示していない。2020年のオリンピック開催が東京に決まったことのほうが、はるかに大きなニュースなのだ。

わたしはもうそういったことを批判しようとは思わない。だが、リスクが極めて高いと思うのは、いまだに日本政府と大手メディアが「アメリカ追従」を外交の基本としていることだ。アメリカの覇権は目に見えて弱まり、中国の影響力が増し、EUは独自の路線を歩みはじめていて、世界は多極化に向かっているように見える。日本の「アメリカ追従」には、さらにねじれた倒錯が潜んでいる。それは「アメリカ追従」を信奉しているかに見える保守派の人々の本質が「ナショナリスト」寄りということだ。本来アメリカの価値観から遠い人たちが、「中国はもっと嫌いだから」ということで、自身の思いに反して外交の軸を決めてしまっている。

そのことは、今の日本を考える上で、とても象徴的だ。日本の現状を冷静に判断するのは、むずかしいというより、気が遠くなるくらい面倒で、真剣に考えれば考えるほど、神経がすり減り、いたたまれない気持ちになる。だから、多くの人が「思考放棄」に陥っている。シリアスな現実から目をそらし、希望的観測をまじえて将来を予測し、考えることから逃げる。その方法、生き方は、とても楽だ。わたしたちは、それについて考えることが面倒で苦痛なとき、とりあえず精神が楽になる道を選ぶ傾向がある。表面的なことだけが語られ、都合の悪い事実は覆い隠され、そこから学ばなければいけない過去の出来事については、できるだけ早く忘れようとする。福島第一原発から垂れ流される汚染水、それに溜まり続けて保管場所がなくなりそうな使用済み核燃料のことを考えるだけでも、限度を超えた憂鬱が生まれ、わたしたちはある方法を選ぶ誘惑にとらわれる。「思考放棄」という、楽で、便利な方法である。

「思考放棄」に陥った人や共同体には特徴的な傾向があるように思う。「幸福」を至上の価値として追い求め、憧れ、生きる上での基準とするということだ。わたしたちの社会では、よく「幸福であるかどうか」が問われる。テレビドラマのモチーフも、バラエティでお笑い芸人が過去のエピソードを披露するときも、男性誌や女性誌の特集ページでも「幸福」がテーマとなることが多い気がする。幸福な結婚、幸福な家庭、幸福な毎日、幸福になるための家や家具や家電や本、時計、ファッション、健康食品やサプリメント、そんな感じだ。だが、幸福という概念は主観的であり、かつ曖昧でもある。わたしは、『55歳からのハローライフ』という作品で山谷の住人たちに取材したが、ホームレスに近い生活をしている何人もの人たちが「おれは気ままで、案外幸福なんだ」と言うのを聞いた。「これで充分だ」と納得さえすれば、その人は幸福を手に入れることができる。

今、わたしたちに必要なのは、幸福の追求ではなく、信頼の構築だと思う。外交でいえば、日本は、緊張が増す隣国と、「幸福な関係」など築く必要はない。しかし、信頼関係にあるのかどうかは、とても重要だ。幸福は、瞬間的に実感できるが、信頼を築くためには面倒で、長期にわたるコミュニケーションがなければならない。国家だけではなく、企業も、個人でも、失われているのは幸福などではなく、信頼である。

（書き下ろし）

村上 龍: 作家

1952年、長崎県生まれ。武蔵野美術大学中退。在学中の76年に『限りなく透明に近いブルー』で群像新人文学賞、芥川賞を受賞。以後、『コインロッカー・ベイビーズ』『村上龍映画小説集』『イン ザ・ミソスープ』『希望の国のエクソダス』『13歳のハローワーク』『半島を出よ』『歌うクジラ』『55歳からのハローライフ』など旺盛な作家活動を展開。かたわらTV番組「カンブリア宮殿」のMCとして毎週、出演。メールマガジン「JMM」主宰のほか、「キューバ・コンサート」を20年に亘り毎年、主催している。月刊誌「文藝春秋」に長編小説『オールド・テロリスト』を連載中。電子書籍を制作・販売する「村上龍電子本製作所」という自身のブランドを持つ。

http://ryumurakami.com/

01~17: 連載タイトル「すべての男は消耗品である。欲望退化篇」として「Men's JORKER」2012年7月号~2013年11月号に掲載

特別エッセイ: 「賢者は幸福ではなく信頼を選ぶ。」書き下ろし

賢者は幸福ではなく信頼を選ぶ。

2013年11月10日　初版第一刷発行

著者　村上 龍
　　　©Murakami Ryu 2013, Printed in Japan
発行者　菅原 茂
発行所　KKベストセラーズ
　　　〒170-8457東京都豊島区南大塚2丁目29番7号
　　　電話03-5976-9121(代) 振替00180-6-103083
　　　http://www.kk-bestsellers.com/
印刷所　近代美術
製本所　ナショナル製本

ISBN978-4-584-13530-3 C0095
定価はカバーに表示してあります。
乱丁、落丁本がございましたらお取替えいたします。
本書の内容の一部あるいは全部を複製、
複写(コピー)することは法律で定められた場合を除き、
著作権および出版権の侵害になりますので、
その場合はあらかじめ小社宛に許諾を求めてください。

村上 龍　好評エッセイ

「すべての男は消耗品である。」シリーズ（小社刊）

『すべての男は消耗品である。』
ISBN978-4584-18015-6

『すべての男は消耗品である。Vol.2』
ISBN978-4584-18018-0

『すべての男は消耗品である。Vol.3』
ISBN978-4584-18022-9

『すべての男は消耗品である。Vol.4』
ISBN978-4584-18024-5

『すべての男は消耗品である。Vol.5』
ISBN978-4584-18028-8

『すべての男は消耗品である。Vol.6』
ISBN978-4584-18029-6

『置き去りにされる人びと』
すべての男は消耗品である。Vol.7 ISBN978 4584-18032-6

『ハバナ・モード』
すべての男は消耗品である。Vol.8　ISBN978-4584-18034-2

『すぐそこにある希望』
すべての男は消耗品である。Vol.9　ISBN978-4584-18035-8

『すべての男は消耗品である。Vol.10』
大不況とパンデミック　ISBN978-4584-18029-6

『逃げる中高年、欲望のない若者たち』
ISBN978-4584-13279-1

『櫻の樹の下には瓦礫が埋まっている。』
ISBN978-4584-13423-8

村上 龍　好評既刊本（小社刊）

『自殺よりはSEX』
村上龍の恋愛・女性論　ISBN978-584-18030-X

『とおくはなれてそばにいて』
村上龍恋愛短編選集　ISBN978-4584-18033-4

『美しい時間』
書き下ろし小説（小池真理子との共著）ISBN978-4584-18959-5

『特権的情人美食』
村上龍料理＆官能小説集　ISBN978-4584-13029-2